우리고전 100선 12

골목길 나의 집 — 이언진 시집

우리고전 100선 12

골목길 나의 집 — 이언진 시집

—

2009년 11월 23일   초판 1쇄 발행
2020년 6월 12일   개정판 1쇄 발행

—

편역	박희병
기획	박희병
펴낸이	한철희
펴낸곳	돌베개
책임편집	이경아
편집	조성웅 김희진 김형렬 오경철 신귀영
디자인	박정영 이은정
디자인기획	민진기디자인
표지그림	전갑배(일러스트레이터, 서울시립대학교 시각디자인대학원 교수)

—

등록	1979년 8월 25일 제406-2003-000018호
주소	(10881) 경기도 파주시 회동길 77-20 (문발동)
전화	(031) 955-5020
팩스	(031) 955-5050
홈페이지	www.dolbegae.co.kr
전자우편	book@dolbegae.co.kr

ⓒ박희병, 2009

—

ISBN 978-89-7199-364-4 04810
ISBN 978-89-7199-250-0 (세트)

우리고전 **100선** 12

골목길 나의 집

—

이언진 시집

박희병 편역

돌베
개

지금 세계화의 파도가 높다. 현재 진행되고 있는 세계화는 비단 '자본'의 문제이기만 한 것이 아니라, '문화'와 '정신'의 문제이기도 하다. 그 점에서, 세계화에 어떻게 대응할 것인가 하는 것은 우리의 생존이 걸린 사활적(死活的) 문제인 것이다. 이 총서는 이런 위기의식에서 기획되었으니, 세계화에 대한 문화적 방면에서의 주체적 대응이랄 수 있다.

생태학적으로 생물다양성의 옹호가 정당한 것처럼, 문화다양성의 옹호 역시 정당한 것이며 존중되지 않으면 안 된다. 그럼에도 세계화의 추세 속에서 문화다양성은 점점 벼랑 끝으로 내몰리고 있는 것처럼 보인다. 하지만 문화적 다양성 없이 우리가 온전하고 행복한 삶을 살 수 있겠는가. 동아시아인, 그리고 한국인으로서의 문화적 정체성은 인권(人權), 즉 인간권리의 문제이기도 하기 때문이다. 그래서 우리 고전에 대한 새로운 조명과 관심의 확대가 절실히 요망된다.

우리 고전이란 무엇을 말함인가. 그것은 비단 문학만이 아니라, 역사와 철학, 예술과 사상을 두루 망라한다. 그러므로 일반적으로 알려져 있는 것보다 훨씬 광대하고, 포괄적이며, 문제적이다.

하지만, 고전이란 건 따분하고 재미없지 않은가? 이런 생각의 상당 부분은 편견일 수 있다. 그리고 이런 편견의 형성에는 고전을 연구하는 사람들에게 큰 책임이 있다. 시대적 요구에 귀 기울이지 않은 채 딱딱하고 난삽한 고전 텍스트를 재생산해 왔으니까. 이런 점을 자성하면서 이 총서는 다음의 두 가지 점에 특히 유의하고자 한다. 하나는, 권위주의적이고 고지식한 고전의 이미지를 탈피하는 것. 둘은, 시대적 요구를 고려한다는 그럴듯한 명분을 내세워 상업주의에 영합한 값싼 엉터리 고전책을 만들지 않도록 하는 것. 요컨대, 세계 시민의 일원인 21세기 한국인이 부담감 없이 '쉽게' 접근할 수 있는, 그러면서도 품격과 아름다움과 깊이를 갖춘 우리 고전을 만드는 게 이 총서가 추구하는 기본 방향이다. 이를 위해 이 총서는, 내용적으로든 형식적으로든, 기존의 어떤 책들과도 구별되는 여러 가지 모색을 시도하고 있다. 그리하여 고등학생 이상이면 읽고 이해할 수 있도록 번역에 각별히 신경을 쓰고, 작품에 간단한 해설을 붙이기도 하는 등, 독자의 이해를 돕고자 하였다.

특히 이 총서는 좋은 선집(選集)을 만드는 데 큰 힘을 쏟고자 한다. 고전의 현대화는 결국 빼어난 선집을 엮는 일이 관건이자 종착점이기 때문이다. 이 총서는 지난 20세기에 마련된 한국 고전의 레퍼토리를 답습하지 않고, 21세기적 전망에서 한국의 고전을 새롭게 재구축하는 작업을 시도할 것이다. 실로 많은 난관이 예상된다. 하지만 최선을 다해 앞으로 나아가고자 한다. 그리하여 비록 좀 느리더라도 최소한의 품격과 질적 수준을 '끝까지' 유지하고자 한다. 편달과 성원을 기대한다.

박희병

이 책은 11년 전인 2009년에 초판이 나왔는데, 근 10년이 지나 출판사로부터 재쇄를 찍겠다는 연락이 왔기에 나는 이참에 그동안 찾아낸 번역의 오류 및 해석상의 오류를 바로잡아 개정판을 내기로 했다.

『호동거실』에는 난해한 시들이 많다. 시인은 자신이 읽은 방대한 중국의 문학 작품들을 교묘하게 패러디하는 수법으로 시를 창작하거나, 자신의 불온하고 전복적인 사유를 선문답이나 게송처럼 읊었는데, 이로 인해 의미를 해독하는 일이 그리 쉽지 않다. 거기에다 역자의 역량 부족까지 겹쳐 번역에 오류가 적지 않았다.

초판을 낸 후 나는 다른 일을 하는 중에도 『호동거실』을 계속 머릿속에 두어 왔다. 그래서 수시로 전거(典據)를 찾고, 번역을 다듬고, 시의 해석을 수정해 왔다. 이 개정판에는 나의 그동안의 이런 노력이 반영되어 있다.

이언진은 식민지 시대의 시인 이상(李箱, 1910~1937)과 견줄 만한 점이 많다. 천재적 시재(詩才)라든가, 시의 난해성, 언어와 상상력의 전복성 등이 놀랍게도 시대를 뛰어넘어 서로 통한다. 게다가 두 사람은 20대 후반에 병으로 요절한 점도 같다. 다만 이언진은 이상보다 훨씬 '혁명적'이다.

비록 시의 번역과 해석을 많이 수정하기는 했으나 그렇다고 이언진과 『호동거실』에 대한 애초의 평가가 달라진 것은 없다.

아직도 더 손을 봐야 할 부분들이 없지 않으리라 생각하지만 그럼에도 적어도 이제 시인에 대한 면괴스러움은 면하지 않았나 싶다. 이에 소회를 몇 마디 적어 서문에 갈음한다.

2020년 6월
좌풍우앵와(左楓右櫻窩)에서 삼가 쓰다

초판 서문

이 책은 송목관(松穆館) 이언진(李彦瑱)의 『호동거실』(衚衕居室)
을 번역한 것이다. '호동'은 골목길을, '거실'은 사는 집을 뜻한다.
그러니 이 시집 제목을 우리말로 옮기면 '골목길 나의 집'이 된다.

　'골목길'은 서민이나 중인층이 사는 공간을 표상한다. 골목길
의 집들에는 가난하고 비천한 사람들이 모여 산다. 시인의 집은 바
로 이 골목길 속에 있다. 시인은 골목길 속 자신의 집에서 세상을
응시하고, 자기 자신을 응시하고, 골목길의 온갖 사람들을 응시하
고, 조선의 현재와 미래를 응시한다. 그 응시의 결과가 바로 이 시
집이다.

　이언진은 역관(譯官) 출신 문인이다. 역관은 중인 신분에 속
한다. 조선은 사대부가 지배하는 신분제 사회였다. 기술직에 종사
한 중인층은 천시되었으며, 문관(文官)으로 진출하는 길이 봉쇄되
어 있었다. 이언진은 천재적인 문인이었음에도 신분제의 이런 질
곡 때문에 사회적으로 자기 능력을 발휘할 수가 없었다. 그는 자신
의 이런 존재조건으로 인해 조선사회의 모순에 대해 근본적으로
사유해 들어갈 수 있었고, 혁명적인 대안을 모색할 수 있었다. 그
결과물이 바로 이 시집이다.

　이언진이 본격적으로 창작 활동을 펼친 것은 고작 5, 6년밖에
되지 않는다. 그러고는 27세의 나이에 요절했다. 그럼에도 그는 당
대의 내로라하는 사대부 문인들로부터 천재적인 문인으로 인정받
았다. 이 점에서 이언진이라는 이름은 대단히 중요한 역사적 '현
상'이자 '문제'이다. 그리고 그 문제성의 핵심을 보여주는 것이 바

로 이 시집이다.

이언진은 죽기 직전 자신의 원고를 모두 불태워 버렸다. 조선에 대한 마지막 항거였다. 그러나 다행히도 그 아내의 민첩함에 힘입어 이 시집만큼은 온전히 전해질 수 있었다. 그러니 이 시집을 읽으면서 우리는 시인의 아내를 기억해야 한다.

이언진은 조선의 문호 연암 박지원과 동시대인이다. 두 사람은 모두 천재성을 타고났지만, 그 체질과 지향이 달랐다. 박지원은 비록 당시 소외되어 있었다고는 하나 사대부의 일원이었다. 이와 달리 이언진은 지배층으로부터 멸시당하는 처지였다. 이런 사회적 존재조건의 차이로 인해 이언진은 박지원처럼 온건한 개혁노선을 추구하지 않고 급진적이고 혁명적인 노선을 추구하게 되었다. 하지만 오늘날의 관점에서 볼 때 우리에게 더 가까운 존재는 이언진이다. 이 점에서 이언진은 조선 시대 문인 가운데 가장 먼 미래를 선취(先取)한 인물에 해당한다고 할 수 있을 것이다.

이 시집 한 권으로 인해 조선 시대에 대한 우리 사유의 스펙트럼이 훨씬 넓어지게 되었다. 특히 왼쪽으로의 사유가 그러하다. 왼쪽을 정당하게 사유할 수 있어야 비로소 오른쪽에 대해서도 정당한 사유가 가능하다. 왼쪽과 오른쪽은 서로 결부되어 있음으로써다. 이 사실을 절절히 확인할 수 있다는 점 하나만으로도 이 시집을 소개하는 일이 헛되지 않다.

2009년 8월
박희병

차례

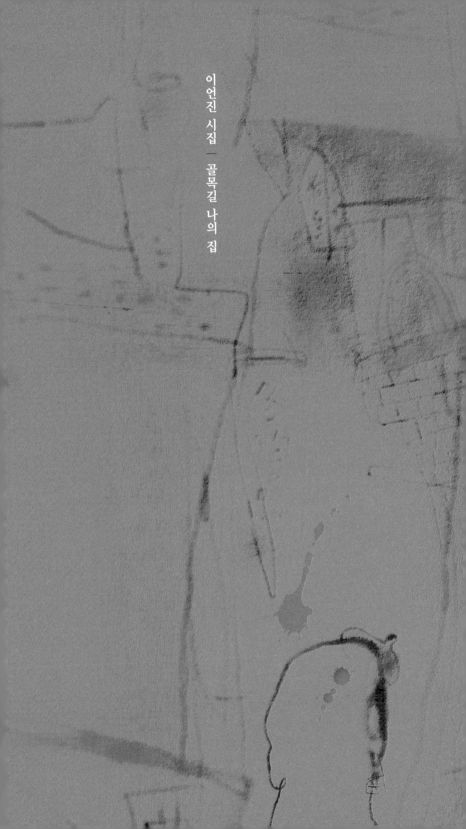

이언진 시집 — 골목길 나의 집

1

새벽종 울리자
큰길에 사람들 참 분주하네.
먹을 것 위해서거나 벼슬 얻으려 해서지.
만인의 마음 나는 앉아서 안다.

—

五更頭晨鍾動, 通衢奔走如馳.
貧求食賤求官, 萬人情吾坐知.

이 시집의 시작을 알리는 시다. '호동'(衚衕)은 큰길로 이어진다. '호동'은 '골목길'이라
는 뜻으로 여항(閭巷), 즉 서민이나 중인층이 사는 공간을 이른다.

2

하나는 우상(虞裳), 하나는 해탕(蟹湯)
나는 나를 벗하지 남을 벗하지 않는다.
시인으론 이백(李白)과 동성(同姓)
그림으론 왕유(王維)의 후신.

―

一虞裳一蟹湯, 我友我不友人.
詞客供奉同姓, 畵師摩詰後身.

'우상'은 이언진의 자(字)고, '해탕'은 그 호다. 우상은 해탕을 벗삼아 논다. 이 시 제1·2
행은 이언진이 사회적으로 외톨이임을 시사한다. 제3·4행은 자신의 문학적, 예술적 재
능에 대한 자부를 표현했다.

3

물렀거라 벽제 소리 우레와 같아
사람들 길을 피하고 집들은 문을 닫네.
세 살 아이도 울음 그치니
벼슬아치 호랑이보다 무섭네 정말.

呵殿聲如雷過, 人避途家閉戶.
三歲兒止啼號, 進賢冠眞畏虎.

사대부 벼슬아치를 풍자하고 있다.

4

가는 것은 소, 오는 것은 말
길에는 오줌, 저자에는 똥.
선생은 코끝으로 청정(清淨)을 관(觀)하고
책상엔 피워논 향 하나.

—

去者牛來者馬, 溺于塗糞于市.
先生鼻觀清淨, 床頭焚香一穗.

시인이 사는 골목길은 시끄럽고 더럽다. 하지만 더러운 곳에 산다고 정신이 더럽지는
않다. 시인은 그 속에서 도를 추구하고 있다. 제3행은, 참선할 때 코끝을 가만히 바라보
며 명상에 잠기는 것을 형용했다.

5

치가(治家) 하려면 귀머거리, 벙어리가 되어야 하고
애 기를 젠 진자리 마른자리 갈아 뉘야지.
'빈이락'(貧而樂) 세 글자 비결을 알면
얼굴에 근심이 깃들 리 있나.

—

治家粧聾做啞, 養兒就乾推濕.
三字訣貧而樂, 甚麼憂到眉睫.

시인은 몹시 가난하다. 이 시는 자신의 경험에서 우러나온 생활의 지혜를 담고 있다.
'빈이락'(貧而樂)은 가난하더라도 기쁜 마음으로 산다는 뜻.

6

마음은 늘 또렷 또렷 또렷
입은 늘 침묵 침묵 침묵.
일체의 고뇌를 없앤다면
무한한 즐거움을 얻으련만.

—

心常要惺惺惺, 口常要默默默.
去一切之苦惱, 得無量之快樂.

마음은 늘 깨어 있어야 하고, 말은 삼가야 한다. 마음이 깨어 있으면 공연한 망상을 안
하게 되고, 말을 삼가면 허물이 적다. 그러면 고뇌도 줄어들 것이다.

7

한 구절 두 구절 설명한 게 『역』(易)이건만
복희(伏犧)를 팔아 점괘(占卦)로 돈벌이하고,
천 소리 만 소리 염송한 게 불경인데
석가 내세워 재(齋) 위해 탁발(托鉢)을 하네.

—

說一句兩句易, 伏犧以卦見賣.
念千聲萬聲經, 釋迦爲齋行乞.

복희는 『역』을 처음으로 만들었다고 하여 유교에서 성인(聖人)으로 받드는 사람이다. 이 시는 복희와 석가모니를 팔아 생활하는 후대의 점쟁이와 승도(僧徒)를 비판하고 있다.

8

달구지 소리 뚜닥뚜닥 덜컹덜컹
여인네들 조잘조잘 재잘재잘.
나는 면벽(面壁)한 승려처럼
평생 신(神)을 기르네 이 시끄런 데서.

—

車馬丁丁當當, 婦女叩叩絮絮.
我則如面壁僧, 一生煉神鬧處.

제1·2행은 골목길 풍경을 그렸다. 집들이 다닥다닥 붙어 있는 골목길은 몹시 시끄럽
다. 시인은 그 속에서 고요히 좌선(坐禪)을 행하고 있다. '신'(神)은 도가(道家)의 용어
로, 생명활동의 으뜸가는 기운을 일컫는 말이다.

9

집 나가 노닐면 고생 또 고생
집에 있으면 즐겁고 기쁘지.
몸이 늙거나 약해지지 않고
식솔이 기한(飢寒)에 떨지도 않지.

—

出辛辛遊苦苦, 居喜喜處歡歡.
形骸不老不弱, 眷屬無飢無寒.

역관이었던 시인은 중국에 두 번, 일본에 한 번 다녀왔다. 당시는 지금과 달라 한 번 외
국에 갔다 오는 데 몇 달씩 걸렸으며, 길 위에서 보내는 시간이 대부분이었다. 이 시는
그런 경험을 바탕으로 하고 있다.

10

저잣거리만의 은어와 우스개
중국말 일본말과 분간이 안 되네.
쌀에는 모래 섞고 은에는 구리 섞어
시골 남녀 감쪽같이 속여 먹누나.

—

市裡別起謎諢, 不辨漢語倭語.
米和沙銀夾銅, 全瞞過村男女.

당시 서울은 시장이 번성했다. 그러다 보니 시장에는 온갖 소문이 무성했으며, 이상한
일들도 많았다. 이 시는 당시 시장에서 벌어진 협잡을 읊고 있다.

11

자리 가득 시커먼 얼굴과 범속한 상판
손님은 죄다 장삼이사(張三李四)네.
백정의 노랫소리 시끄러운데
동서(東西)의 시정인이 그 이웃들.

—

塵容俗狀滿座, 其賓張三李四.
貿販歌哭聒耳, 其隣東井西市.

'시정인'은 도시를 생활공간으로 삼는 상인, 수공업자, 도시 서민 등을 총칭해 일컫는
말이다. 이 시는 18세기 중엽 도시 서울에서 살아가던 시정인들을 그렸다.

12

다섯 시 지나 저녁밥 먹고
어슬렁어슬렁 등시(燈市)에 가네.
어깨 서로 부딪고 발이 밟히나
정말 좋군 인산인해(人山人海) 저잣거리는.

—

申牌後喫晩飯, 擺擺走燈市內.
捱着肩疊着足, 好箇人山人海.

야시장(夜市場)의 활기를 예찬한 시다.

13

한 그릇 밥 먹고 배부르면 쉬고
큰길가에서 웅크리고 자는
저 거지아이 승지(承旨) 보고 불쌍타 하네
눈 내린 새벽 매일 출근한다고.

—

一碗飯飽則休, 大道傍抱頭眠.
寒乞兒憐承旨, 雪曉裏每朝天.

'승지'는 조선 시대 승정원(承政院)의 정3품 벼슬로서, 왕명의 출납을 맡아 봤기에 권력
이 막강했다. 하지만 거지의 눈에는 승지가 불쌍하기만 하다.

14

머리 허연 저 늙은 귀인(貴人)
이불 끼고 누웠다 이불 끼고 앉았다
5대손(五代孫) 생계를 강구하누나
밭도 적고 집도 작다며.

—

白髭髮老貴人, 擁被臥擁被坐.
五世孫籌生計, 田不廣屋不大.

시인은 가문과 후손의 장래를 걱정하는 늙은 귀족을 딱한 눈으로 보고 있다.

15

조정에서 누차 불러도 응하지 않는 건
범 안고 자고 뱀 품고 달리듯 위태하기 때문.
용퇴하면 화(禍) 적고 복 많을 텐데
뭣 땜에 사주 보고 점을 치는지.

—

苦呼喚不回頭, 抱虎眠袖蛇走.
勇退凶少吉多, 甚麽問數問繇.

당시의 사대부 사회를 그린 시다. 조정에서 벼슬하는 것은 몹시 위태로운 일이다. 그럼에도 사대부들은 벼슬을 못해 안달이다.

16

칼 쓴 죄수 칼 두드리며 노래 부르니
사람들 모두 실성한 그를 비웃네.
그의 죄가 아닌 줄 성인(聖人)은 알 거야
재성(災星)이 물러가면 복성(福星)이 나오리.

—

帶枷囚敲枷謌, 人盡笑喪心人.
非其罪聖人知, 災星退福星臻.

'성인'은 불보살을 가리킨다. '재성'은 재앙을 초래하는 별이고, '복성'은 복을 가져다
주는 별이다. 억울하게 옥에 갇힌 사람을 동정한 시다.

17

더러운 골목 지나 깨끗한 내 방에 들어와
맑은 향 피우고 수불(繡佛)을 걸면
피부병 있는 자건 몹쓸병 걸린 자건
모두 다 보살 생각을 하리.

—

歷穢巷入淨室, 燒淸香掛繡像.
疥痔者癰膿者, 亦皆作菩薩想.

'수불'은 부처나 보살을 수(繡)놓은 것을 이르는 말인데, 여기서는 관음보살을 수놓은
것을 가리킨다고 생각된다. '나'의 방은 골목길과 격절(隔絕)되어 있지 않다. 시인은 병
으로 고통 받고 있는 골목길의 사람들에게 연민의 감정을 품고 있다.

18

악취가 날 때는 똥 실은 배 같고
컴컴할 때는 칠통(漆桶)과 같다.
사람의 마음도 이러하거늘
내가 왜 문 앞 골목 싫다 하겠나.

—

臭穢時如糞艘, 黑暗時爲漆桶.
方寸地亦如是, 吾不嫌門前巷.

'똥 실은 배'라는 말은 명말(明末)의 문인 원굉도의 문집인 『원중랑집』에 실린 「백화
주」(百花洲)라는 글에 보인다. 옛날에는 똥을 거름으로 썼기에 배로 나르기도 했다.
'칠통'은 검게 칠한 통을 말한다. 골목길은 서민의 공간이다. 그곳은 좁고, 더럽고, 시끄
럽다. 그럼에도 시인은 그런 골목길이 싫지 않다고 말하고 있다.

19

길에 가득한 사람들 그 모두 성현(聖賢)
배고파 고통에 시달리고 있어도.
양지(良知)와 양능(良能)을 지니고 있음을
맹자가 말했고 나 또한 말하네.

—

滿衢路皆聖賢, 但驅使饑寒苦.
有良知與良能, 孟氏取吾亦取.

'양지'와 '양능'은 인간이 본래 타고난 도덕적 감정, 즉 양심을 말한다. 이 말은 『맹자』
에 처음 나온다. 명나라의 사상가 왕수인(王守仁)은 이 개념을 근본으로 삼아 새로운
학문 체계를 수립했으니, 그것이 곧 '양명학'(陽明學)이다. 양명학에서는, 인간은 누구
든지 양지를 갖고 있으므로 성현이 될 수 있다고 보았다. 시인은 양명학, 특히 급진적인
성향의 양명학을 신봉하였다. 그래서 길거리의 비천한 서민들을 모두 성현이라고 했다.

20

아낙이 기르는 저 두 아이
모두 코엔 코가 있고 눈썹엔 눈썹.
큰아이와 작은아이 생김새 달라
남편에게 까닭 물으니 역시 모르네.

—

婆娘養兩箇兒, 一般鼻一般眉.
大兒非小兒面, 問其夫亦不知.

이 시에서 이언진은 같으면서도 다른 '존재'의 속성을 설파하면서 동일성이 아니라 동
일성 속의 '차이'를 중시하는 관점을 피력하고 있다. 시인의 이런 관점은 변화와 창신
(創新), 개성과 다양성을 강조한 그의 문학적 입장과 통한다.

21

욕하거나 깔보면 받지 않으니
거지에게도 자존심이 있다.
대의에 맞게 훔쳐 공평히 나누니
도둑에게도 어짊과 지혜가 있다.

—

呼不受蹴不食, 丐子豈無廉恥.
取必宜分必均, 偸兒亦有仁智.

거지와 도둑은 사회의 가장 밑바닥에 있는 존재들이다. 시인은 이런 존재들에 비추어
주류 사대부 사회를 풍자하고 있다. 염치가 있고 어질고 지혜로운 척하나, 실은 거지와
도둑만도 못하다는 것.

33

22

사람이 사람을 속인다고 다들 말하나
내가 보기엔 내가 나를 속이는 거네.
입이 마음을 속이니
한 몸 안에 진(秦)나라와 한(韓)나라가 있다.

—

人都說人瞞人, 自我觀我自瞞.
口頭瞞却心頭, 一身自爲秦韓.

중국 전국시대에 진나라와 한나라는 서로 적대적인 관계에 있었다. 사람들은 모두 남
이 자기를 속인다고 말하지만, 실은 자기가 자기를 속이는 경우가 더 많다. 시인은, 목
구멍이 포도청이라 종종 자기를 기만할 수밖에 없는 인간의 삶을 응시하고 있다.

오서대(烏犀帶)는 곧 범유패(犯緣牌)라서
사람을 결박하나 깨닫는 이 없네.
그대는 이걸 꼭 갖고 싶어해
왼손으로 제 목을 베며 오른손으로 움켜잡네.

———

烏犀帶犯緣牌, 繫着人人不悟.
此物君必欲之, 左手刎右手取.

———

'오서대'는 조선 시대 1품관이 허리에 두르던 띠를 말하고, '범유패'는 죄인의 죄상을
적어 고시한 패(牌)를 말한다. 범죄자를 처형할 때 앞에 이것을 들고 간다. 고관에 오르
기 위해 안달하는 당시의 벼슬아치들을 풍자한 시다.

24

바보가 좋지, 바보가 좋아!
아이 안고 아침마다 축원하노라.
"배고프면 먹고 배부르면 기뻐하는
동쪽 이웃 아무개처럼 되렴."

—

癡呆好癡呆好, 抱兒子朝朝祝.
飢但食飽但嬉, 如東隣某子甲.

소동파는 「세아희작」(洗兒戲作)이라는 시에서 "사람들은 다 자식을 키우며 총명하기를 바라지만/나는 총명 때문에 일생을 그르쳤네/오직 바라노라 아이가 어리석고 미련해/재앙도 없고 어려움도 없이 공경(公卿)에 이르기"라고 읊었다. 소동파의 시에서 영감을 얻은 이언진의 이 시는 바보를 예찬한 시다. 당시의 신분 차별 때문에 자신처럼 뛰어난 재주가 있어 봤자 아무 소용이 없으니 차라리 바보가 되는 게 낫다는 메시지를 담고 있다고 해석되어야 할 듯하다. 한편 바보는 부귀나 영리(榮利)를 구하는 데 급급하지 않으니 심신이 고달플 이유가 없다. 또한 지식을 추구하지 않으니 타고난 천진(天眞)을 잃지 않을 수 있다. 이 시의 바보예찬은 당시 일반적으로 영위되던 생(生)의 방식, 당시의 일반적 세계상에 대한 저항과 비판일 수도 있다.

시골사람 만나서 고향 물으면
어디 어디라고 분명히 말하지.
총기 있고 재주가 있는 사람도
마음이 어디 있는 줄 모르니 원 참.

—

逢鄕人問家鄕, 其人端的指示.
雖有聰明才識, 莫知心在那裏.

인간의 '마음'에 대해 읊은 시다. 사람에게서 마음만큼 중요한 것은 없다. 하지만 똑똑
하다는 사람도 자신의 마음이 어디 있는지는 잘 모른다. 자신의 마음을 모른다는 것은
곧 자기 자신을 모른다는 말이 된다.

26

자기 집의 닭과 오리는
살진 놈 마른 놈 환히 알면서
원숭이 같은 이 마음은
이리저리 날뛰어도 내버려 두네.

—

家裡雞鴨幾箇, 箇箇知其肥瘦.
此心如野猴子, 任他東跳西走.

사람들이 자기 집에서 기르는 닭과 오리가 어떤지는 환히 알면서도 자신의 마음이 어떤지는 잘 모르고 있음을 말한 시다. 원숭이처럼 마구 날뛰는 마음이란, 사물에 구속되거나 욕망에 사로잡힌 마음을 말한다. 그것은 인간의 본래 마음이 아니다. 따라서 이렇게 날뛰는 마음을 본래의 마음으로 돌이키는 것이 중요하다.

27

하늘이 돌수록 땅은 정수(精粹)해지니
호동에 앉으매 깊은 방 같네.
사람마다 모두 마음 갖고 있어서
성현도 보살도 될 수 있다네.

—

天愈轉地愈凝, 坐通衢如深室.
一箇人一箇心, 大聖賢眞菩薩.

전근대 동아시아에서는, 땅이 둥글고 단단한 것은 하늘이 회전하기 때문이라고 생각했
다. 이 시는, 사람마다 모두 양지를 갖고 있어서 누구나 성인과 보살이 될 수 있음을 말
하고 있다. 조선은 신분 차별 사회로서, 사대부가 지배하였다. 시인은 재주와 능력이 아
주 뛰어났지만 중인 신분이었기 때문에 자신의 역량을 제대로 발휘하지 못했다. 그래
서 신분 차별을 부정하고, 인간 평등을 선언한 것이다.

28

아이 우는 소리 천뢰(天籟)와 같아
피리나 거문고 소린 저리 가라지.
처마의 한적한 물소리 참 좋으니
똑, 똑, 똑, 베개맡에서 듣고 있노라.

—

小兒啼眞天籟, 勝他吹的彈的.
簷溜亦愛閑聽, 枕頭一滴兩滴.

'천뢰'는 『장자』에 나오는 말이다. 그것은 하늘의 소리로서, 소리 없는 소리이며, 모든
소리의 근원이다. 여기서는 아이 우는 소리가 천진하고 순후함을 말하기 위해 이 단어
를 썼다. '처마의 한적한 물소리'란 처마에서 떨어지는 빗물 소리를 말한다. 골목길 집
에서의 하루를 그린 시다.

남자 하나와 여자 하나가
십여 명 자식과 손자를 만드니
각주(脚注) 안 달린 생생(生生)의 『역』(易)이
내 처와 내 몸에 있다 하겠네.

—

一箇夫一箇妻, 十數箇子和孫.
不注脚生生易, 在吾家在吾身.

'생생'은 만물을 낳고 낳는다는 뜻. 『주역』에 "생생(生生)하는 것을 역(易)이라 한다"는
말이 보인다. "각주 안 달린 생생의 『역』"이란, 종이에 씌어지지 않은 『역』, 문자(文字)
밖의 『역』을 말한다. 『역』의 원리는 '생생'이다. 이 시는 남녀가 자식을 낳는 것이 바로
『역』의 원리임을 노래하고 있다.

30

잘나가는 고관대작들
재주 때문인가 명운(命運)인가?
도(道)는 행상(行商)과 거간꾼에 있나니
칭찬과 비난에 무심하여라.

—

時來三台八座, 管甚才也命也.
道在行商市儈, 任他譽者毁者.

이 시는 고귀한 신분인 고관대작과 비천한 신분인 장사꾼을 맞세우고 있다. 고관대작
은, 그들이 특별한 재주가 있거나 하늘의 명(命)을 받아 고관대작이 된 것이 아니다. 단
지 문벌이 좋아 그리 됐을 뿐이다. 행상과 거간꾼은 비천한 사람들이지만, 고관대작과
는 달리 남들의 칭찬과 비난에 개의치 않고 오직 자기 일만 한다. 그러니 고관대작보다
훌륭하지 않은가.

세태는 요랬다조랬다 하고
이내 몸은 고통과 번민이 많네.
높은 사람 앞에서 배우가 되어
가면을 쓴 채 우는 시늉하네.

—

人情百煖百寒, 身世多苦多惱.
尊客前爲鮑老, 假頭面假啼哭.

일종의 자기서사(自己敍事)다. 시인은 미천한 역관(譯官)인지라, 높은 신분의 사람들
앞에서 마음에도 없는 웃음을 지을 수밖에 없다. 내키지 않는 일이지만 생활을 위해 어
쩔 수 없다. 시인에게 고통과 번민이 많은 건 이 때문이다. 시인은 이런 자신을 피에로
에 견주고 있다.

32

짚신에 초립(草笠) 쓰고
빈들빈들 기생집에 가네.
기예 하나 없는 건 부끄러운 일
바둑이건 축구건 다 괜찮네.

—

穿個鞋戴個笠, 閒走兩瓦三舍.
一藝無成吾恥, 彈棊蹴毬皆可.

일반적으로 양반 사대부 계급은 '기예'를 하찮은 것으로 간주했다. 기예는 말기(末技)
에 지나지 않으며, 도(道)에서 멀다고 여겼기 때문이다. 그리하여 노동과 기술, 상업을
천시하였다. 이언진은 이 시에서 기예를 적극적으로 긍정하고 있다. 무슨 기예든 무방하
니 기예를 하나씩 이루는 것이 좋다고 했다. 그래서 상업 행위를 적극적으로 긍정했다.
이언진의 이런 견해는 기예를 천시한 당대 사대부 계급의 관점과 정면으로 배치된다.

33

시는 투식을, 그림은 격식을 따라선 안 되니
틀을 뒤엎고 관습을 벗어나야지.
앞 성인(聖人)이 간 길을 가지 말아야
후대의 진정한 성인이 되리.

—

詩不套畵不格, 翻窠臼脫蹊徑.
不行前聖行處, 方做後來眞聖.

진정한 문학과 예술은 모름지기 모방과 답습을 배격해야 하며, 창의적이어야 한다. 이
언진은 이런 생각을 대단히 과격한 어조로 말하고 있다. 원문 제2행을 요즘 말로 옮긴
다면 "기존의 틀을 엎어 버리고 기존의 관습에서 이탈해야 한다"가 된다. 그 취지는 꼭
과격한 것이 아니나, 그 어조는 몹시 과격하게 들린다. 고딕으로 표시한 단어들 때문이
다. 이언진 시의 특성은, 왕왕 언술된 내용에서 포착되기도 하나, 이처럼 그 어조에서
포착되기도 한다는 점에 유의해야 한다.

34

다섯 도시는 하나의 연극 무대
놀이도 천 가지, 들렘도 천 가지.
무녀(巫女)가 콩 뿌리니 곧 부처요
마을 아이 죽마 타니 그 또한 관원(官員).

─────

五都市一句欄, 戲千般鬧千般.
巫婆撒豆是佛, 里童騎竹亦官.

───────

'다섯 도시'는 수도를 중심으로 한 다섯 방위의 도시를 이르니 여기서는 조선 후기에 큰
도시로 발전해 간 서울, 개성, 평양, 전주, 동래를 가리킨다. 도시란 온갖 놀이와 온갖
시끄러움으로 표상된다. 이언진은 역동성으로 가득한 당대 도시의 면모를 정감 있게
그려 보이고 있다. 제3행은 무당이 콩 뿌리며 악귀를 쫓고 복을 부르는 행위를 하는 것
을 부처의 연기를 하고 있는 것으로 노래했으며, 제4행은 아이가 죽마를 타며 놀고 있
는 것을 관원의 연기를 하고 있는 것으로 노래했다.

35

집에 있으면 늘 가난이 괴롭고
밖에 나가면 떠돌아다니는 중이 좋아라.
처는 거미 같고 자식은 누에 같아
나의 온 몸 칭칭칭 휘감았어라.

—

居常苦屋打頭, 遊常愛僧行脚.
妻如蛛子如蠶, 渾身都被粘縛.

처자로부터 느끼는 구속감을 읊었다. 처자를 부양해야 하는 가장으로서의 중압감이 이
런 그로테스크한 비유를 낳은 것이리라.

바람 불고 비 오매 문 닫아걸고
평생의 벗 두어 사람 방에 모였네.
뜻에 맞는 일, 뜻에 맞는 이야기론
'무송타호'(武松打虎)보다 나은 게 없네.

——

風閑戶雨閉戶, 平生友數人聚.
快意事快意話, 無過說鬼打虎.

이 시는 이언진의 『수호전』에 대한 애호를 잘 보여준다. 김성탄 평점본 『수호전』 제22회의 총비(總批)에 "천하에 귀신을 말하는 것보다 쉬운 일은 없고 범을 말하는 것보다 어려운 일은 없다. 딴 데 이유가 있지 않다. 귀신은 조리가 없고 범은 성정(性情)이 있기 때문이다"라는 말이 보인다. 그러므로 이 시 제4행의 '설귀타호'(說鬼打虎)는 김성탄의 총비가 달린 『수호전』 제22회의 '무송타호'(武松打虎) 이야기를 가리킨다고 할 수 있다.

요 깔고 아이는 맞은편서 자고
등불 켜고 아내는 밥상 올리네.
선생은 책 읽는 것 멈추지 않고
문진(文鎭) 들어 책상 치며 탄성을 발하네.

—

鋪絮被兒對眠, 點油燈妻進飯.
先生讀書不休, 擧界尺拍藤案.

'문진'은 책장이 바람에 날리지 않게 누르는, 쇠나 돌로 만든 물건. 이 시에는 시인과 그
의 아내와 그의 자식, 이 세 사람이 그려져 있다. 가난하지만 흐뭇했을 젊은 시인의 영
혼이 느껴진다.

등불은 붉고 향 연기는 파르스름하고
평점(評點)을 가한 책들 책상에 가득네.
꽃 한 송이 꽂혀 있는 옛 도자기의
그 푸른빛 잠자리의 눈과 같아라.

—

燈暈紫香穗靑, 丹鉛雜書棲案.
古甆瓶揷朶花, 碧色同蜻蜓眼.

제2행의 '평점'은 비어(批語)와 권점(圈點)을 이르는 말. '비어'는 책이나 글에 가한 평
어를 말하고, '권점'은 글의 잘된 곳이나 빼어난 곳에 붙이는 방점(旁點)과 원권(圓圈)
을 말한다. 이 시는 색채감이 도드라져 아주 감각적이다. 시인이 독서하고 있는 방의 풍
경을 그린 시다.

39

좁은 방에서 정진하면서
하늘하늘 향 피우고 앉은 채 자네.
어리석은 신선, 신령한 귀신은 안 되려 하고
스스로 산성(散聖)이요 야호(野狐)라 하네.

—

十笏房精進定, 半篆香吉祥眠.
不做頑仙才鬼, 自稱散聖野禪.

'산성'은 원래 옥황상제로부터 아무 직책도 받지 못한 신선을 가리키는데, 흔히 예교(禮
敎)에 얽매이지 않고 자유롭게 사는 사람을 일컫는 말로 쓴다. '야호'는 깨닫지 못했으
면서도 깨달았다고 자만하는 사람을 일컫는 말이다. 이언진이 호동의 좁은 방에서 결
가부좌를 한 채 선정(禪定)에 빠져 있는 모습을 그린 시다.

40

지지리도 못생긴 저 세 사람
하나는 털보, 하나는 곰보, 하나는 혹부리.
지나간 후 늘 눈에 밟혀서
보통 사람은 거들떠도 안 보네.

—

三人面貌奇醜, 一鬚一麻一癭.
過來後每在眼, 平常的百不省.

이 세 사람은 시인이 골목길에서 가끔 마주치는 사람들일 터이다. 시인은 혹은 추하고
혹은 장애를 지닌 이 세 사람에게 연민을 느꼈던 듯하다. 깊은 여운을 남기는 시다.

41

향 피워 더러운 기운 없애고
책 읽어 싸움 소리 깨뜨려 버리네.
칭찬과 비난은 본시 실체가 없지만
물결 이는 것 없애지 못하네.

—

燒香祓粃糠氣, 讀書破鬪鬩聲.
譽無根毀無蔕, 銷不得浪湃澎.

시인은 독서를 할 때나 선정(禪定)에 들 때, 혹은 호동의 번잡스러움과 더러움에서 벗어나고자 할 때, 향을 피우곤 했던 것 같다. 제2행은 낭랑하게 소리 내어 책을 읽음으로써 주변의 시끄러운 싸움 소리를 극복한다는 뜻. 호동의 집들은 다닥다닥 붙어 있고 다니는 길도 아주 좁으니, 사람들이 언성을 높여 다투면 이웃까지 그 소리가 환히 다 들렸을 터이다. 제3·4행은 세상의 칭찬과 비난에 초연코자 하나 꼭 그리 되지는 않는 데 대한 시인의 심경을 노래한 게 아닐까.

42

아기가 태어나자 으앙으앙 우니
아빠도 걱정 엄마도 걱정.
닭은 나자마자 쪼아 먹어 젖 필요 없고
소는 나자마자 걸어 다녀 강보가 필요 없네.

—

兒墮地便啼哭, 阿爸悶阿婆惱.
雞生啄不待乳, 犢生走不待抱.

육아(育兒) 경험을 노래한 시다. 이 시집을 쓸 무렵 시인의 나이는 20대 중반이었다. 아직 청년인 데다 병에 시달리고 있던 시인으로서는 애 키우기가 퍽 힘들었던 모양이다.

43

인정세태는 천만(千萬) 가지고
바다 속엔 온갖 고기가 있지.
선생의 마음은 터럭처럼 세밀해
저자사람 얼굴의 마마 자국까지 알지.

—

世情千世態萬, 大海裏數魚鰕.
先生心細如髮, 知市上人面痲.

제2행은, 이 세상엔 온갖 사람이 다 있다는 뜻일 터. 이 시는 호동 밖의 세계는 물론이
려니와 시인이 속한 공간인 호동조차도 이상적이거나 낭만적으로 볼 것이 아니라 가감
없이 그대로 인식하는 일이 중요하다는 점을 말하고 있다. 시인은 이런 '인식행위'의
제일의적(第一義的) 중요성을 이 시집의 제1수에서 이미 뚜렷이 밝힌 바 있다.

44

남들은 백 개 입에 혀가 백 개라
재바름과 영리함 모두 갖췄네.
나는 꾀죄죄하고 남루하건만
목구멍 밥까지 속여 빼앗아 가네.

—

人百口口百舌, 精細伶俐畢聚.
吾腌臢我魗尵, 喉裡飯亦騙取.

제1·2행은 말주변이 좋고 재바른 사람에 대한 묘사이고, 제3·4행은 가난에 빈티가 좔
좔 흐르는 시인에 대한 묘사다. 이로써 빈부, 귀천의 대립을 뚜렷이 드러냈다.

45

갑자기 이런 생각 떠오르누나
내 눈을 남에게 줘 버렸다는.
눈에 신령함이 있다면 필시 이리 하소연하리
"나를 찾아 내 몸에 되돌려 주오!"

—

猛可裡想起來, 我有眼寄在人.
眼有神必叫冤, 尋我眼還我身.

시인은 단지 눈의 중요성을 말하기 위해 이 시를 쓴 것이 아니다. 이 시에서 눈은 하나
의 메타퍼일 뿐이다. 자기 눈의 상실은 '진아'(眞我), 즉 '참나'의 상실을 의미한다. 시
인은 사람들이 참나를 잃어버리고 가아(假我), 즉 '거짓 나'에 함몰되어 있다는 것, 그
러니 잃어버린 진정한 나를 되찾아야 한다는 것을 말하고 있다.

46

눈 위에는 눈썹이 있고
혀는 입안에 있지.
『역』(易) 아는 사람은 『역』을 말하지 않거늘
좌구명(左丘明)도 부끄렸고 나도 부끄리네.

—

眉毛已閣眼上, 舌頭亦入口裡.
善易者不論易, 丘明恥吾亦恥.

눈 위에 눈썹이 있음은 눈의 광채를 가리기 위함이고, 혀가 입안에 있음은 말을 함부로
하지 못하게 하기 위함이다. 요컨대, 자신에게 조금 재주가 있다고 해서 그것을 드러내
거나, 조금 아는 게 있다고 해서 떠벌리며 아는 체하는 태도를 경계해야 한다. 이 시의
제1·2행은 이 점을 말하고 있다. 『역』은 『주역』을 말한다. 제4행은 『논어』의 "말을 번
드르르하게 하고, 얼굴빛을 꾸미고, 도에 넘게 공손한 태도를 취함은 좌구명이 부끄럽
게 여겼는데, 나 또한 부끄럽게 여기노라"라는 공자의 말을 패러디한 것이다. 이 시 제
3·4행은 『역』에 대해 깊이 알지도 못하는 사람들이 『역』에 대해 이러쿵저러쿵 말하는
풍토를 부끄럽게 생각한다는 뜻.

47

성격이 발랄하면 어때
언어가 깜찍하면 어때.
다들 옛사람 쥐구멍이나 찾고
지금사람 다니는 길로 나오려 않으니 원.

—

性格任爾乖覺, 言語任爾靈警.
皆入古人鼠穴, 不出今人兔徑.

원문 제4행의 '토경'(兔徑)은 오솔길이라는 뜻. 제1·2행은 시인 자신의 발랄한 성격과
깜찍한 언어를 긍정한 말이다. 제3·4행은 당대의 문인들이 옛사람을 본뜨려고만 할 뿐
'지금'의 문학을 추구하지 않음을 비판한 말이다. 문학에 있어 '현재'의 중요성을 강조
한 발언이다. 요컨대 이 시는 시인 자신에 대한 논평이자 당대 문학에 대한 논평이다.

48

사슴은 정(精) 기르고 학은 신(神)을 기르나니
어떤 선생이 그걸 가르쳐 줬지?
본래 제 마음속에 단(丹)이 있거늘
수련을 안 할 때는 뭘 한다지?

—

鹿養精鶴養神, 那箇先生敎他.
自心裏有靈丹, 不煉時做甚麽.

'정'과 '신'은 모두 도가(道家)의 용어다. 도가에서는 정(精), 기(氣), 신(神), 이 셋을 삼
보(三寶), 즉 세 가지 보배라고 하며, 이것을 잘 기르면 불로장생한다고 본다. 제2행은,
선생이 가르쳐 줘서 하는 일이 아니라 선천적으로 그리 하도록 되어 있어 스스로 그리
한다는 뜻. '단'(丹)은 도가에서 말하는, 장생불사의 신령스런 약이다. 인간은 그 마음
속에 본래부터 타고난 '단'(丹)이 있으니, 스스로 수련을 해야 한다는 것이 제3·4행의
취지다. 도가에 관한 관심이 피력된 시다.

49

신령한 마음 조금 통하니
돌연 정(精)이 흥기하며 괴이해지네.
번개가 번쩍이는 듯, 밀물이 밀려오는 듯
쇄도해 책상 치며 쾌재를 부르네.

―

靈心一線微通, 突爾興精作怪.
如電滾如潮漲, 來來拍案叫快.

'정'(精)은 원기를 뜻한다. 이언진은 골목길의 자기 집에서 참선과 도인법(導引法)을 열
심히 수행했다. 이 시는 그런 수련의 과정 중에 일어난 영험을 기록한 것이리라.

50

떠들어대 선정(禪定)에 들지 못하면
도시냐 시골이냐 택해야 하리.
닭이 살지고 나락 익으면
참으로 일가(一家)의 복.

—

嘈雜不入靜定, 卽揀城裡村裡.
雞鶩肥禾稻熟, 眞箇是一家瑞.

이 시는 바로 앞의 제49수와 연결해서 읽어야 한다. 한창 선정(禪定)에 드는 재미를 느
낄 즈음 쓴 시일 터이다. 시끄러움은 수행에 있어 최대의 적이다. 제1행은 호동의 시끄
러움에 대한 시인의 솔직한 반응이다. 호동은 곧 나의 공간으로서 나와 일체를 이루니,
웬만하면 그 시끄러움을 참을 법하나, 참는 데도 한계가 있는 법. 이 시는 그런 한계선
상에서 읊조려진 것으로 보인다.

51

콧구멍 치들고 주인 뒤를 졸졸 따르니
종이라 불리고 하인이라 불리지.
천한 이름 뒤집어쓰고도 고치려 않으니
정말 노예군 정말 노예야.

—

仰鼻竅隨脚跟, 呼爲輿呼爲臺.
蒙賤名不思改, 眞奴才眞奴才.

이 시는 주체성을 갖지 못한 채 주인의 종속적인 존재로 생을 영위하는 노예의 행태를
개탄하고 있다. 시인은 역관으로서 사대부 상사(上司)를 모셔야 하는 입장이었기에 주
인에게 예속되어 있는 노예의 이런 몰주체적(沒主體的) 면모를 예민하게 포착할 수 있
었으리라.

52

듣기를 관장함은 귀라고 하나
귀머거리도 애초 귀 없지 않지.
소는 뿔에, 규룡은 발에
따로 신통함이 그 속에 있네.

—

五官耳能司聽, 聾者未始無耳.
牛以角虬以掌, 別有神通在裡.

명말(明末)의 문인 원굉도는 「제물론」(齊物論)이라는 글에서 "규룡은 발바닥으로 소리
를 듣고, 소는 뿔로 듣는다"라고 했다. 이 시는 성심(成心), 즉 선입견의 문제점을 제기
하고 있다. 우리는 귀로 소리를 듣는다는 사실을 믿고 있지만 이는 선입견이라는 것이
시인의 생각이다. 사물의 진실에 이르기 위해서는 통념이나 선입견에서 벗어나야 한
다. 그래야 차별을 일삼지 않고 만물제동(萬物齊同)의 이치를 깨달을 수 있다.

53

푸른 소 타고 흰 말을 타고
소요하고, 해탈하였지.
석가가 천수(千手)를 가졌다 하면
노자는 제 한 몸 외려 걱정하였네.

—

騎靑牛跨白馬, 大逍遙自在人.
佛氏兼具千手, 老氏猶患一身.

'푸른 소 타고'는 노자(老子)와 관련된 말이다. 노자가 푸른빛의 소가 끄는 수레를 타고
함곡관(函谷關)을 지나 서역(西域)으로 들어갔다는 고사가 있다. '흰 말을 타고'는 석
가와 관련된 말로 추측된다. 중국 불교에서 '백마'는 불법(佛法)과 관련된 중요한 상징
물이다. '석가가 천수를 가졌다' 함은, 중생을 고통에서 구제함을 제일의(第一義)로 삼
는 대승불교의 정신을 잘 요약하고 있고, '노자는 제 한 몸 외려 걱정했다' 함은 세사
(世事)에서 초탈하여 일신의 자유를 극도로 추구해 간 노자의 사상을 잘 집약했다 할
만하다. 불교와 도가에 대한 시인의 관심을 드러낸 시다.

54

도선생의 만권서(萬卷書)
손선생의 서너 알 단약(丹藥)
진선생의 백여 일 잠
이선생은 이 셋을 모두 원하네.

—

陶先生萬卷書, 孫先生數丸藥.
陳先生五龍睡, 李先生都乞得.

'도선생'은 중국 남조(南朝) 양(梁)나라 사람인 도홍경(陶弘景)을 가리킨다. 은거하여
만권서(萬卷書)를 읽은 것으로 유명하다. '손선생'은 중국 당나라 때 사람인 손사막(孫
思邈)을 가리킨다. 노장 사상과 음양·의약에 조예가 깊었다. '단약'은 장생불사의 신령
스런 약을 말한다. '진선생'은 중국 오대(五代) 송초(宋初)의 도사인 진단(陳摶)을 말한
다. 그는 희이선생(希夷先生)이라 불렸는데, 한 번 자면 100여 일을 잔 것으로 유명하
다. '이선생'은 시인 자신을 가리킨다. 이언진은 이처럼 자신을 종종 '선생'이라 칭하고
있다. 강렬한 자존의식의 표출이다.

55

시 삼백편(三百篇)은 성정(性情)을 노래했지만
세상 사람을 교화하기는 어렵네.
오천언(五千言) 속에는 단약(丹藥)이 없어도
제 한 몸 능히 보전할 수 있네.

—

三百篇道情性, 難化那一世人.
五千言無丹藥, 亦能保自家身.

'시 삼백편'은 『시경』을 말한다. '오천언'은 노자의 『도덕경』을 말한다. 『시경』은 유교
의 경전이고, 『도덕경』은 도가의 경전이다. 이언진은 유교만이 절대적 진리라는 생각
에 반대했으며, 도가와 불교도 진리를 담지하고 있다고 보았다. 그래서 유불도 3교 공
존(共存)을 주장하였다.

56

한 그릇 밥을 두 사람이 같이 먹어도
똑같이 배부르진 않은 법인데
저자에서 다투는 건 당연한 이치
반 푼 돈을 천만인(千萬人)이 가지려 드니.

—

一器飯兩手匙, 飢飽猶或不均.
市爭闠勢必至, 半鈔錢千億人.

사익(私益)의 추구를 목적으로 삼는 시장의 생리에 대한 통찰을 보여주는 시다. 이언진
이 시장을 보는 시선은 무조건적인 긍정도 아니요, 무조건적인 부정도 아니다. 그래서
시장의 추이와 동태, 시장의 활발한 움직임을 예리하게 포착하면서도, 시장의 어두운
면이라든가 냉혹한 생리 또한 놓치지 않고 있다.

57

눈 어두워질 때 눈 어두워질 때
비(篦)로 한번 쓱 긁어 주면 병 없어지네.
달 같은 왼눈, 거울 같은 오른눈으로
남이 아니라 자신을 깊이 봐야 하리.

—

眸子昏眸子昏, 只一篦病無餘.
左如月右如鏡, 莫看人自看渠.

이 시의 포인트는 제4행에 있다. '스스로를 본다'는 것은 자신을 성찰함을 이른다. 성찰
을 통해 자신을 반성하고, 올바른 도리를 깨달을 수 있다. 이 시집은 호동과 그 바깥에
대한 이언진의 집요한 인식행위를 보여준다. 하지만 이언진의 인식행위가 외부만을 향
하고 있는 것은 아니다. 이 시에서 그리고 다른 시들에서 확인되듯 이언진의 인식행위
는 내부를 향하고 있기도 하다. 이 점에서 그의 시는 외면적임과 동시에 내면적이고, 내
면적임과 동시에 외면적이다.

58

저잣거리의 구운 떡
어린애는 그 값을 아네.
좋은 물건이면 그뿐
난 진짜 가짜 따위 가리지 않아.

—

市街頭賣炊餅, 小孩兒知時價.
只一件好東西, 吾不辨眞和假.

아이는 어른과 달리 편견이나 선입관이 없어 오히려 사물의 진가를 알아본다고 시인은
생각하고 있다. 당시 조선 문단에서는 대체로 '진'(眞)을 추구하고, '가'(假)를 배격하
였다. '가'는 옛글을 전범(典範)으로 삼는 문학노선을 이른다. 명나라의 왕세정(王世
貞)이 그런 노선을 추구한 대표적 문인이다. 이언진은 '진'을 추구하면서도 왕세정을
존숭하였다. 그리하여 '진'과 '가'를 따지지 않고 양쪽의 장점을 모두 섭취해 자기대로
의 길을 가고자 하였다.

개가 으르렁 싸우는 소리 창밖에 나고
닭은 꼬끼오 활개 치며 지붕에 오르네.
때로 솔개가 참새 새끼 떨어뜨려
뜰 가운데 머물다 날아오르네.

—

犬鬪嘷聲出戶, 雞號鼓翅上屋.
有時鴟墮雀雛, 庭心盤旋跳躍.

이 시의 제3·4행은 솔개가 떨어뜨린 참새 새끼를 도로 낚아채 하늘로 날아오르는 광경
을 읊었다. 이 시는 호동에서 관찰되는 미물들의 다툼과 생존을 그려 놓고 있는바 활기
가 느껴진다. 미물들이 보여주는 이 활기는 서민들의 삶의 현장인 호동의 활기를 암유
(暗喩)하고 있다 할 것이다.

60

동자치는 부엌의 쥐를 꾸짖고
괭이와 개는 쥐를 물어죽이네.
접시는 네 똥 때문에 더러워지고
옷은 니가 갉아대 구멍이 났네.

—

廚婢罵廚下鼠, 狸咬殺狗咬殺.
碗楪汚爾遺矢, 衣襟遭爾殘裂.

동자치란 밥 짓는 일을 하는 여자 하인을 이른다. 찬비(爨婢)라고도 한다. 호동의 일상
적 삶의 현장을 포착한 시다.

61

어리뜩한 여종 그 모습과 성품 모두 어리뜩해
나귀 다리가 몇 개인가 것도 모르네.
잔약해 배부르면 부뚜막 아래 눕는데
꾀피우다 매 맞고 미련해 꾸지람 듣네.

—

蠢婢貌蠢性蠢, 不知驢馬幾脚.
雌懦飽臥爨下, 黠多笞頑多責.

이 시 역시 호동의 삶의 현장을 풍속화적 필치로 포착해 놓고 있다. 풍속화는 대개 즉물
(卽物)의 묘사이며, 따라서 대체로 세태적(世態的)이다. 시인은 다소 해학적인 어조로
여종의 모습과 행태를 그려 놓았다.

62

"추한 종놈 온다! 추한 종놈 온다!"
아이들 짱돌 줍고 흙을 던지네.
내 들으니 참 괴이한 일도 있지
길에 떨어진 칼을 주인에게 돌려주다니.

—

醜厮來醜厮來, 小兒拾礫投土.
吾聞一事頗怪, 路上遺劍還主.

백화 '추시'(醜厮)는 '더러운 놈' '저놈'이라고도 번역될 수 있는데, 여기서는 용렬하고
추해 아이들로부터 멸시당한 비천한 종을 가리키는 것으로 여겨진다. 시인은 노예의
무자각성, 노예의 '자기의식' 없음을 답답해 하며, 그것을 참 이해하기 어렵다는 태도
를 보여주고 있다. 말하자면 노예의 굴종성에 대해 몹시 착잡한 감정을 드러내고 있는
셈이다. 이 시는 이언진의 반골기질을 잘 보여준다.

63

거리에서 줄줄 땀을 흘리며
저마다 부채 든 손 놓지를 않네.
광통교라 사자목에
물구경 하러 우르르 가네.

—

街頭汗流如漿, 箇箇扇不離手.
大石橋獅子項, 看水痕一夥走.

광통교는 당시 서울에 있던 큰 다리. '사자목'은 광통교 아래를 흐르는 청계천을 가리
킬 터이다. '목'이란 하천 폭이 좁아지면서 물살이 빨라지는 곳을 이르는 말. 이 시는 무
더운 여름철 더위를 식히기 위해 광통교가 있는 청계천으로 몰려가는 도성 사람들의
모습을 그렸다. 원문 제4행의 마지막 글자 '走'는 더위를 참지 못해 물가로 달려가는 기
분을 느끼게 한다.

64

천 개의 발굽, 만 개의 발이 밟고 밟아서
골목 입구 진창길 죽처럼 됐네.
동쪽 이웃이 아무개 대감 찾아뵙고서
비옷과 나막신 빌려 왔다지.

—

千蹄踏萬足踏, 巷口泥如濃粥.
東隣晨謁某宰, 來借油衣木屐.

'발굽'이란 소나 말의 발굽을 이르고. '발'이란 사람의 발을 이른다. 제2행의 '골목'은
가난하고 미천한 이들이 사는 여항(閭巷), 즉 호동을 이른다. 비옷이나 나막신은 값이
비싸 부귀한 사람이나 소유했지 일반 서민은 갖기 어려웠다. 이 시의 포인트는 비 온 뒤
의 골목길을 형용한 제1·2행에 있다 할 것이다.

65

누가 미인 검객 이야기하는데
감질나 죽고 놀라 죽겠네.
높고 깊은 산수 노닐 때에는
험절(險絶)치도 기절(奇絶)치도 아니했었네.

—

話美人劒客事, 一癢殺一嚇殺.
遊高山邃壑時, 不險絶不奇絶.

시인은 소설책에서 본 이야기를 하는 것일 수도 있고, 누군가에게서 들은 이야기를 하
는 것일 수도 있다. 그 어느 쪽이든 이 시는 소설이나 설화에 대한 시인의 애호를 보여
준다. 당시 산수 유람이 성행했었다. 시인은 산수 유람보다 미인 검객 이야기가 훨씬 재
미있다고 말하고 있다. 이언진이 '협객'이라는 인간 부류에게 큰 호감을 갖고 있었음을
이 시를 통해 알 수 있다.

66

집 짓는 장인(匠人)을 얼른 불러서
나를 위해 한 칸 방 마련해야지.
윗자리에 참선하는 곳을 마련해
다구(茶具)와 책상도 거기 둬야지.

────

快呼來泥水匠, 爲我造一間房.
上頭置跏趺所, 安茶竈安書牀.

────

시인은 처자와 같은 방에 거처하며 독서하거나 글을 쓴 듯하다. 그러니 아이가 울거나
보채면 생각이 끊어지든가 독서를 계속하기 어려웠을 것이다. 그래서 자기만의 작은
방을 소망했을 터. 이 소망이 이루어졌는지, 아니면 단지 헛된 소망으로 끝났는지는 알
도리가 없다.

화나면 치고받고, 기분 좋으면 거짓말하니
성품이 정말 진실된 거지.
독서하는 사대부엔 이런 이 없거늘
수의사 장씨는 정말 난사람.

—

怒厮打喜說謊, 性地實實眞眞.
讀書人無此輩, 張獸醫是好人.

수의사는 중인 신분에 속한다. 장씨는 자기 하고 싶은 대로 한다. 그것은 예법을 준수하
는 사대부와는 다른 행위방식이다. 시인은 장씨의 이 점을 적극 긍정하고 있다.

68

아이는 수수께끼며 숨바꼭질하며
빨강, 노랑, 하양, 검정을 알고
아낙네는 때 맞춰 옷을 짓느라
각(角), 항(亢), 저(氐), 방(房)의 운행을 알지.

—

孩兒學謎藏戲, 猜箇赤黑白黃.
婦人揀裁衣辰, 數行角亢氐房.

'각'(角), '항'(亢), '저'(氐), '방'(房)은 별이름으로, 28수(宿) 중 동방 칠수(七宿)에 해당한다. 아이는 놀이를 하며 말을 배우고 사물을 이해한다. 부녀는 철 따라 가족의 옷을 지어야 하니 계절의 변화에 민감할 수밖에 없다. 이 시는 그런 사정을 노래하고 있지만, 그 내용보다 어조가 재미있다. 천진한 동시를 보는 듯해.

관아에서 매 맞고 곤장 맞는 이
부모 형제와 같지 않은가.
자기는 제 팔에 옴이 오르면
의원(醫員) 불러 고약 달라 약 달라 하면서.

—

官裏笞人杖人, 一般父母血肉.
己則臂上生疥, 呼醫問膏問藥.

제1·2행에서는 '천지만물일체지인'(天地萬物一體之仁)을 주장한 양명학의 영향이 느
껴진다. 옴은 전염성 피부병으로, 지금은 사라졌지만 예전에는 골칫거리였다. 한번 걸
리면 잘 낫지 않고, 가만두면 몸 전체에 퍼지는데, 피부가 짓무르며 참을 수 없이 가렵
다. 이 시는 타자에 대한 연민, 고통에 대한 감수성을 잘 보여준다. 이언진은 고통에 대
해 대단히 예민한 감수성을 지닌 시인이었다.

70

기생집에 지분(脂粉)이 많다고 해도
얼굴에 있는 흉은 감추기 어렵네.
만일 누가 웃거나 조롱한다면
필시 앙심 품지 않겠소?

—

妓女家脂粉多, 難掩過面上瘡.
人見笑人見譏, 渠有賊心賊腸.

'지분'은 화장품을 이른다. 제3·4행은 직역하면 다음과 같다: "만일 누가 그 기생을 비
웃거나 조롱한다면/그녀는 해치려는 마음을 품으리." 이 시에서 '기생'은, 있는 그대로
의 진실을 추구하기보다는 수식(修飾)만을 일삼는 당대의 문인들을 가리킨다고 생각
된다.

71

땔나무 장사꾼이 점을 쳐 보니
10년 안에 크게 부귀한다나.
땔나무 지고 거리를 닫는데
부귀스런 기운 이미 7분은 되네.

—

賣薪者問卜者, 十年內大富貴.
擔着薪沿街走, 七分有富貴氣.

이 시는 인정의 기미를 읊었다. 10년 안에 부귀하리라는 점괘에 일말의 희망을 품고 의
욕적으로 땔나무를 팔러 다니는 장사꾼의 밝은 표정이 이 시에는 그려져 있다. 당대 도
시민들의 부(富)에 대한 열망, 그리고 그런 열망 — 그것이 비록 헛된 것이라 할지라
도 — 이 삶에 부여하는 역동성을 읽을 수 있다. 원문 제3행의 '走' 자에 이런 열망과 역
동성이 잘 함축되어 있다.

72

성(城)이 한번 에워싸 멀리 못 가고
기와가 한번 눌러 고개를 숙이네.
단지 일월등광불(日月燈光佛)이
물끄러미 아내를 보네.

—

城一環步不廣, 瓦一壓頭長低.
只除日月燈光, 眼睜睜看箇妻.

제1·2행은 명말 청초의 문인인 왕사임(王思任)이 쓴 「유환서」(游喚序)의 "기와가 한번
누르니 사람들의 식견이 낮고, 성이 한번 에워싸니 사람들의 혼백이 좁다"라는 구절을
원용했다. 이언진은 이로써 도시 속의 갑갑한 삶을 말했다. 제3행의 '일월등광불'은
『법화경』에 언급된 부처인데, 여기서는 시인 자신을 가리킨다. 시인이 자신을 부처라
고 말하고 있음이 주목된다. 시인은 『호동거실』 제158수에서도 자신을 부처라고 했다.
높은 자존감의 표현이다.

73

골목 깊어 마치 항아리 속 같고
지붕 낮아 머리가 천장에 닿네.
붓과 벼루 밥하는 부뚜막에 있고
서책은 쌀과 소금 사이에 있어라.

—

巷深如入甕裏, 屋低不及帽簷.
筆硯雜置烟爨, 書卷夾註米鹽.

시인의 모습을 직접 묘사하는 방식이 아니라 시인이 있는 공간을 묘사하는 방식으로
그린 시인의 자화상이다. 시인은 호동 깊은 곳에 있는 이 작고 남루한 집에서 생활에 부
대끼며 독서와 창작에 힘썼다. 『호동거실』이라는 우리 고전 시사(詩史)에 유례가 없는
이 위대한 시집이 이 속에서 탄생했다.

74

조물주 날 사랑해 인간으로 만드사
하늘과 땅에 절하며 감사드리네.
온갖 형상을 내어 내 눈을 즐겁게 하고
온갖 소리 두어 내 귀를 즐겁게 하네.

—

造物寵我爲人, 再拜謝天謝地.
出萬象媚吾目, 有萬聲樂吾耳.

시인은 하늘이 자신을 다른 존재 아닌 인간으로 태어나게 한 데 대해 감사하고 있다. 이
시집에는 낙관과 비관이 공존한다. 이언진은 현존재의 운명이라 할 죽음에 대해 노래
하거나 자신이 영위하는 삶의 고달픔에 대해 노래할 때 비관적 어조를 보여준다. 하지
만 골목길 사람들의 활기 넘치는 삶을 그리거나 저자를 노래할 때는 대체로 밝고 낙관
적인 정조를 보여준다. 이 시에는 시인의 낙관주의가 특히 잘 드러나 있다.

75

독 지고 가다 독 값을 헤아리다가
맘이 들떠 발 헛디뎌 다 깨 먹었네.
이걸 보신 분들은 기억해 두어
작은 황아짐 자랑 마시길.

—

擔箇瓮籌瓮錢, 瘍起來跌破甕.
看的官試記取, 小行貨休賣弄.

제1·2행은 독장수를 그렸다. 독장수가 독을 지게에 지고 가다 혼자 이런 생각을 한다: '이 독은 전부 몇 개다. 이걸 전부 다 팔면 값이 얼마다. 그 돈으로 다시 독을 도매해 이 문을 얻어 팔면 더 많은 돈을 벌 수 있다. 그러니 어서 부지런히 독을 팔아야지.' 독장수는 이런 생각을 하며 희망에 들뜬 나머지 발을 헛디뎌 넘어지는 바람에 독을 다 깨뜨리고 만다. '황아짐'은 황아 등짐을 말한다. '황아'는 끈목, 담배 쌈지, 바늘, 실, 그밖의 온갖 잡살뱅이를 이르는 말인데, 이를 등에 지고 집집마다 찾아다니며 파는 사람을 '황아장수'라고 한다.

76

낮에 한 일은 반드시 하늘에 고하고
밤에 한 일로 남을 속이지 말라.
공과(功過)가 있으면 바로 기록하니
자기가 곧 자기를 심판하는 신(神).

—

晝所爲必告天, 夜所爲不瞞人.
有功過驟記錄, 己爲己直日神.

제3행의 '공과'(功過)는 도교의 공과격(功過格)과 관련된다. '공과격'이란 도교에서 인
간의 모든 행위를 선에 해당하는 '공'(功)과 악에 해당하는 '과'(過)로 나눈 다음, '공'
에 해당하는 행위와 '과'에 해당하는 행위들 각각에 대소의 일정한 점수를 부여하여,
매일 취침할 때 자신의 그날 삶을 돌이켜보아 선악의 행위를 자세히 적고 그 점수를 기
록하게 한 표이다. 월말과 연말에는 점수의 통계를 내어 그 점수의 다과(多寡)를 보고
자신을 반성한다. 제4행에서 '자기가 곧 자기의 신'이라고 한 것은, 스스로 선악을 기록
하며 자신을 성찰하기에 한 말이다. 인간의 주체성을 중시한 이언진의 사유 경향이 잘
감지된다.

수수께끼는 정말 어렵기만 한데
아이들은 맨날 깔깔 이걸 갖고 놀지.
지붕 위의 빗방울이 뭐게?
저자 속의 사람 발자욱이 뭐게?

—

謎語沒理沒會, 小兒日來笑謔.
爾知屋上雨點, 我數市裏人跡.

아이들의 수수께끼 놀이에 대해 읊었다. 이언진은 아이들이 세상의 지식이나 견문에
물들지 않고 천진한 마음을 갖고 있기에 어른들에겐 어렵기만 한 수수께끼를 도무지
어려워하지 않는 것이라고 봤다. 제3·4행은 아이들의 수수께끼를 인용한 것인데, 직역
하면 이렇다. "너 아나? 지붕 위의 빗방울이 뭔지 / 나는 센단다, 저자 속의 사람 발자욱
을." 이것들은 모두 한자 수수께끼다. 첫째 수수께끼의 답은 '戶'(尸는 尾를 뜻함)이고,
둘째 수수께끼의 답은 '帘'(역)이다.

밥은 하루 지나면 쉬었는가 싶고
옷은 해 지나면 낡았는가 싶지.
문장가의 난숙한 문투
한당(漢唐) 이래 어찌 안 썩을 리 있나?

—

食經夜便嫌敗, 衣經歲便嫌舊.
文士家爛熟套, 漢唐來那不腐.

'한당'(漢唐)은 중국의 한나라와 당나라를 말한다. 이언진은 한당 이래 시문이 진부해
졌다고 보고 있다. 이는 비단 중국만이 아니라 동쪽의 우리나라도 포함해서 한 말일 터.
말하자면 이언진은 동아시아적 견지에서 한당 이래의 사대부 문장을 낡은 것으로 비판
하고 새로운 문학을 주창하고 있는 셈이다. 여기에는 자신의 문학에 대한 강한 자부심
이 자리하고 있다.

태평(太平) 세상 좋으리, 의식(衣食)이 풍족하고
온 세상 사람들 과실(過失)이 없을 테니.
흉한(兇漢)도 남의 장수를 빌고
기생어미도 딸보고 수절을 권하리.

—

太平好衣食多, 舉世人無過失.
凶肆祝人長壽, 虔婆教女守節.

이 시의 '태평'이라는 말에는 유토피아적 의미가 함축되어 있다. 그리고 이 유토피아적
비전은 그 자체로서 현실사회에 대한 불만과 비판의 표출이라는 의미를 띤다. 이러이
러한 유토피아를 그린다는 것은 곧 현실사회가 이러이러하지 못하다는 사실을 말하고
있음으로써다. 즉, 이 시는 뒤집어서 읽는다면, 내가 지금 속해 있는 현실은 의식(衣食)
이 부족하고, 온 세상 사람들은 과실을 범할 수밖에 없는 결함세계(缺陷世界)라는 뜻이
된다. 그러니 이 시는 현실에 대한 저항의식을 비틀어 반어적으로 표현한 것이라 볼 수
있다.

찾아온 손에게 날 위해 말 좀 해 주오
문상이든 하례(賀禮)든 일절 안 간다고.
오늘은 어디에도 나가지 않고
선생께서 문 닫고 한가히 앉았다고.

—

爲我謝門前客, 不弔喪不赴賀.
今日不宜出行, 先生閉門閒坐.

제2행의 '하례'(賀禮)는 남의 결혼식이나 회갑연에 가 축하하는 일을 이른다. 시인은
분요한 세상사를 일체 끊고, 문 닫고 집안에 틀어 박혀 있다. 한적함을 즐기기 위해서일
까? 얼핏 보면 그리 보이지만, 내막은 그렇지 않을 것이다. 처세를 위해 싫어도 여기저
기 인사 다니고, 남의 경조사에 좇아다니는 일에 문득 환멸이 느껴져서일 것이다. 먹고
살기 위해서 하는 일이지만, 시인은 문득 내가 왜 이리 사나 싶었을 터이다.

가난한 집 식탁 썰렁하여서
반찬이란 꼴랑 된장뿐이네.
오늘 아침은 처자가 호강하누나
제사 지낸 서쪽 이웃 쇠고기 보내 줘.

—

貧家盤殽寒儉, 一碟配鹽幽菽.
今朝妻子大饗, 西隣祭送牛肉.

이 시는 호동에 사는 이웃과의 유대를 보여준다. 제수(祭需)로 쇠고기를 올릴 정도면
이웃집은 사는 형편이 괜찮았던 것 같다.

82

재주는 관한경(關漢卿) 같으면 됐지
사마천, 반고, 두보, 이백이 될 건 없지.
글은『수호전』을 읽으면 됐지
『시경』『서경』『중용』『대학』을 읽을 건 없지.

—

才則如關漢卿, 不必遷固甫白.
文則讀水滸傳, 何須詩書庸學.

'관한경'은 중국 원나라의 문학가로, 원곡(元曲) 4대가의 한 사람이다. 이 시는 백화문
학에 대한 시인의 애호를 보여준다. 백화문학에 대한 애호는 그 본질상 민간의 문학, 시
정(市井)의 문학에 대한 애호다. 그러므로 시인은 사마천, 두보 등 사대부 계급이 떠받
드는 작가의 대척점에 속문학가(俗文學家)인 관한경을 두고, 사대부 지배계급이 바이
블로 떠받드는 『시경』과 『대학』의 대척점에 『수호전』을 두고 있다. 지배계급인 사대부
의 문학과는 다른, 시정인의 문학, 서민의 문학을 옹호한 것이다.

83

골목에는 집 많아 하늘이 작아서
온 몸에 모자를 쓴 것만 같애.
한 뼘 땅 노박 밟고 밟아서
백 년 돼도 풀 한 포기 나지 않누만.

—

巷裡屋多天少, 恰像渾身着帽.
一片土踏如杵, 百年來無寸草.

호동의 좁은 골목길과 빽빽한 집들을 해학적으로 그리고 있음이 주목된다. 이런 해학
적 표현은 자신의 거소를 일정한 거리를 둔 채 관조적으로 응시할 때 가능하다.

84

눈오는 밤 일어나 며늘아기 불러
말똥 속에서 불씨 좀 가져오라 하네.
금년 겨울 베값이 이리도 싸니
헌 이불 새로 누벼야겠군.

—

雪夜起呼少婦, 馬通裡取火種.
今年冬布價賤, 破絮被可改縫.

당시에는 성냥 같은 게 없었기에 집집마다 불씨를 잘 보존해야 했다. 제2행에서 '말똥
속에서 불씨' 운운한 것은, 말린 말똥을 태워 불씨를 보존했기에 한 말일 터. 이 시의 제
3·4행은 시어머니의 생각이든가 독백일 것. 이 시어머니는 시인의 어머니일 수도 있
고, 호동에 거주하는 어떤 주민일 수도 있다. 어느쪽이든 간에 호동의 삶의 현장을 정취
있게 포착했다 할 만하다.

85

천금의 재물 다 써 버리고
9품 벼슬도 아낌없이 내던져 버렸네.
아침이면 공연히 올좌(兀坐)해 고기 구걸하고
저녁이면 기부(妓夫)의 밥 나누어 먹네.

—

都用盡千金貲, 易丟去九品官.
朝乞肉唐兀坐, 暮分殘孤老盤.

'천금의 재물'은 많은 재물을 뜻한다. '올좌'(兀坐)는 참선할 때처럼 단정히 앉는 것을
이른다. 이 시에 그려진 사람은 당시 여항에 존재하던 왈자 부류일 터이다. 9품 벼슬이
면 최말단 벼슬인데, 어쨌든 벼슬이라도 한 걸 보면 중인이나 서얼 등의 중간계급에 속
한 인물이 아닐까 싶다. 이런 자들은 엽색이나 유흥에 가산을 탕진하면서 호쾌하게 자
신의 욕망을 붙좇지만, 늘그막에는 대개 신세가 초라하게 되기 마련이었다. 하지만 쩨
쩨하거나 좀스럽지 않으며, 호협하고 인간으로서의 스케일이 크다. 박지원의 「발승암
기」(髮僧菴記)에 나오는 김흥연이라든가 「서광문전후」(書廣文傳後)에 나오는 표철주가
바로 그런 인물이다.

86

좋은 세월 팽개쳐 버리고
좋은 세계 떠나가 안 돌아보네.
인색하거나 쪼잔한 사람 없고
모두가 호쾌하고 시원시원하네.

—

擲不收好着月, 行不顧好世界.
無有慳人吝人, 大家心性鬆快.

이 시는 양산박의 호걸들을 노래한 것으로 보인다. 이언진은 『수호전』을 혹애하였다.
이언진이 『수호전』의 호협(豪俠)들을 이토록 찬미하고 있음은 시인의 반골 기질 때문.

기와 쌓고 토담을 쳤거늘
비가 와도 안 무너지겠네.
저물어 집에 와 옷을 터나니
먼지 속에 하나의 도(道)를 행했군.

疊着瓦連着墻, 雨點下不墮地.
暮歸來箒掃衣, 行一道滾塵裡.

기와를 쌓는 장인인 '개와장'(蓋瓦匠)이나 토담을 치는 장인인 '토담장이'를 소재로 한 시다. 제3행을 통해 그가 종일 일했음을 알 수 있다. 이 시의 포인트는 제4행에 있다. 개와장이든 토담장이든 모두 노동과 기예를 파는 하층민에 속한다. 이 시는 그런 사람이 한 노동에 대해 '도를 행했다'라는 표현을 쓰고 있다. '도'(道)라는 말은 사대부가 애용하는 말로서, 흔히 심오한 정신 세계나 오묘한 진리를 가리킬 때 쓴다. 이언진은 도를 행하는 것이 사대부들만의 일이 아니요, 미천한 골목길의 사람도 도를 행하고 있다고 보고 있다.

88

금빛 물고기 담긴 대바구니 든
시골 아낙으로 분장했고나.
출세(出世)하여 마침 내 집에 계시니
머리 조아리며 희한한 일이라 찬탄하노라.

—

金色魚靑竹籃, 扮一箇村裏婦.
出世適在吾家, 稽首讚歎希有.

제1·2행은 33관음의 하나인 '어람관음'(魚籃觀音)을 말한다. '출세'(出世)는 보살출세,
즉 보살이 세상에 화현(化現)한 것을 이른다. 시인은 자신의 처를 어람관음이라면서 찬
탄하고 있다. 이언진은 늘 가난과 병고에 시달렸다. 이런 그를 아내는 정성스레 돌봐 주
었다. 그래서 감사의 마음을 담아 이런 시를 썼을 터이다.

불삼매(佛三昧)도 모르고
선오통(仙五通)도 없지만
대낮에 저잣거리 다니는 장씨 노인
아무도 그에게는 미치지 못해.

—

一不解佛三昧, 二不做仙五通.
白日裏行市街, 百不及張姓翁.

'불삼매'(佛三昧)는 선정(禪定)에 들어 망상과 집착에서 벗어나는 일을 말한다. '선오
통'(仙五通)은 신선이 지닌 다섯 종류의 신통력, 이를테면 눈의 신통력, 전생을 아는 신
통력 등을 말한다. 이 시의 장씨 노인은 시장에서 품을 팔며 살아가는 사람으로 보인다.
시인은 저자에 빌붙어 살아가는 일자무식의 노인에게서 참된 인간을 발견한 것이다.

90

아침에 방아소리, 저녁에 방아소리
때마다 내 귀에 들려오누나.
베개맡에 들리는 개 짖는 소리에도
일단의 한적한 느낌 있어라.

—

朝杵聲暮杵聲, 兩箇時撞吾耳.
枕上在聞犬吠, 亦有一段幽意.

방아소리란 디딜방아 소리를 말한다. 디딜방아란 발로 디디며 곡식을 찧는 도구. 당시
는 지금처럼 쌀을 꼭 도정해서 팔지는 않았기에 집에서 디딜방아로 쌀을 찧는 일이 많
았다. 이 시는 호동에서의 생활을 노래했다. 당시 잘사는 양반들은 하루에 세 끼 식사를
했지만 하층민은 두 끼 식사가 일반적이었다. 이 시에서 아침 방아소리와 저녁 방아소
리를 말한 것으로 보아 시인은 하루 두 끼 식사를 했다고 생각된다.

91

관음이 상주하는 진짜 보타산
10보 옆에 있다 해도 나는 안 갈래.
내 엄마가 곧 부처 엄마니
집에 있으면서 엄마를 잘 공양할래.

———

眞普陀活觀音, 在十步吾不住.
吾有母眞佛母, 吾在家好供養.

'보타산'은 보타낙가산(普陀洛伽山)이라고도 하는데, 관세음보살이 상주(常住)하며 설
법을 한다는 산이다. 제3행에서 '내 엄마가 곧 부처 엄마'라고 했으니, 내가 곧 부처인
셈. 내가 곧 부처이고, 내 엄마가 곧 부처 엄마인데, 왜 다른 데 가서 부처와 관음을 경
배하겠는가. 이언진은 스스로의 불성(佛性)을 강조하면서 참선을 통한 깨달음을 중시
한 것. 그러니 사원에 가서 참배를 하는 행위에 별 의미를 두지 않고, 재가신자로서의
독실한 수행에 힘썼던 것으로 보인다. 그렇다고 해서 그가 불타를 공경하지 않은 것도
아니다.

92

낮에도 참선, 밤에도 참선
한 조각 심향(心香)을 집어 드누나.
창가에 옥빛 무지개 백 줄기 생기니
등불 빛인지 부처의 빛인지 알 수 없어라.

—

晝裡參夜裏參, 拈一瓣心頭香.
窓間玉虹百道, 不辨燈光佛光.

'심향'(心香)은 마음이 경건하고 진실되어 마치 향을 사루어 부처님께 공양하는 것과
같음을 이르는 말이다. 밤낮으로 참선에 정진하는 시인의 모습을 볼 수 있다. 제3행은
참선 중 창가의 옥에서 찬란한 무지개가 뻗어 나오는 것을 목도하고 읊은 것일 터. 참선
중에 이런 신비 현상이 생기곤 한다. 제4행의 '부처'는 시인 자신을 가리킨다. '부처의
빛'이란 자신의 불성(佛性)에서 발현되는 빛일 터이다. 이언진은 자기 자신이 곧 부처
라는 언급이나 시사(示唆)를 이 시집의 여기저기서 하고 있다. 자신이 곧 부처라 함은,
불성을 지닌 주체로서의 '나'를 강조한 말이다.

성스러움과 범속함을 말하기 어렵고 화상(和尙)은
어리석음과 꾀바름을 못 벗어났네 선생은.
화상은 온 하늘에 대자재(大自在)하고
선생은 사해(四海)에 전연 이름이 없네.

—

難道聖凡和尙, 未免癡黠先生.
是彌天大自在, 是四海小無名.

'하늘'은 불교의 28천(天)을 이른다. '대자재'는 무슨 일이라도 마음대로 할 수 있는 넓
고 큰 역량을 이르는 말. 미욱한 사람에게 성(聖)은 성(聖), 범(凡)은 범(凡)일 뿐이나,
깨달은 사람에게 성과 범은 둘이 아니다. 화상은 도가 높아 성범(聖凡)을 초탈했으니
대자재(大自在)하다. 하지만 시인은 세속의 분별심을 벗어나지 못했다. 그러니 세상에
아무 이름도 없는 건 당연한 일 아닌가. 이처럼 이 시에서 시인은 자기 자신을 불교의
도에 비추어 보고 있다.

마음은 정법안(正法眼)을 갖추고 있고
손가락에는 장광설(長廣舌)이 있지.
신통(神通)도 크고 교화(教化)도 크니
나의 스승은 글 속의 부처.

—

心具隻正法眼, 指有箇廣長舌.
神通大教化大, 吾師乎文中佛.

'정법안'(正法眼)은 불교 용어인데, '안'(눈)은 지혜를 비유하는 말이고, '정법'은 부처
님의 가르침을 뜻하는 말. 그러므로 이 말은 '부처님의 가르침을 깨닫는 지혜'를 뜻한
다. '장광설'은 일반적으로 쓸데없이 장황하게 늘어 놓는 말을 이르지만, 원래는 부처
님의 설법을 뜻한다. 제1·2행은 이언진 자신이 그렇다는 말이다. 즉, 시인 자신이 남다
른 안목과 식견을 갖추고 있으며, 비상한 문학적 재능과 필력을 갖고 있음을 말한 것이
다. '글 속의 부처'란 글 속의 진리를 이를 터.

시(詩)가 노래도 같고 게(偈) 같기도 한 건
옛사람 중 소요부(邵堯夫) 한 사람이고
문(文)이 노자(老子)도 아니요 장자(莊子)도 아닌 건
지금사람 중 이탁오(李卓吾) 한 사람이지.

—

詩如歌又如偈, 古一人邵堯夫.
文非老亦非莊, 今一人李卓吾.

'게'는 '게송'(偈頌)이라고도 하는데, 부처를 찬미하거나 불교적 깨달음을 읊은 짧은
운문 형식의 글이다. '소요부'는 북송의 철학자 소옹(邵雍)을 말한다. 시호(諡號)가 '강
절'(康節)이므로 흔히 '소강절'이라고 부른다. 이언진은 송유(宋儒), 즉 북송(北宋)의
성리학자들을 아주 싫어했지만, 소강절만큼은 아주 높이 평가했다. 소강절은 초탈유
원(超脫悠遠)한 마음을 별 수식 없이 시로 읊조렸다. 한편 이언진은 양명학 좌파 중의
좌파인 이탁오(李卓吾)를 몹시 존경하였다. 이탁오의 문장을 노자나 장자에 견주어 말
한 것은, 그에 대한 극찬이라 할 것이다. 반역의 사상가 이탁오를 이리 극찬한 것은 조
선 사람 중 이언진 단 한 사람이다.

색(色) 넘어서기 얼마나 어렵나
공자도 경계하고 부처도 그랬지.
활활 타는 불길 싹 꺼 버리면
청량한 세계 마음속에 나타나고말고.

—

色一件甚麼難, 吾聖戒吾佛戒.
霹靂火都消除, 方寸裏淸涼界.

—————

색을 경계한 시다. 이언진은 병 때문에 음식과 색을 몹시 경계해야 했다.

이불에 누워 소곤소곤 말을 하면서
'하늘 천' '따 지' 애한테 글 가르치네.
딸아이는 바늘과 실 갖고 놀고
갓난애는 젖 물고 재롱을 떠네.

—

臥被中喃喃語, 天地字敎孩兒.
小女弄針弄線, 小兒含乳撒嬉.

자식들을 읊은 시다. 자식에 대한 지극한 사랑이 느껴진다.

98

닭의 벼슬은 높다란 게 두건 같으고
소의 턱밑살은 커다란 게 주머니 같네.
집에 늘 있는 거야 하나도 안 신기하지만
낙타등 보면 다들 깜짝 놀라네.

—

雞戴勝高似幘, 牛垂胡大如袋.
家常物百不奇, 大驚怪橐駝背.

닭의 벼슬이나 소의 턱밑살은 높고 크긴 하나 하나도 신기하지 않다. 늘 보는 거니까.
하지만 낙타등을 보면 사람들은 다 놀라고 괴이히 여긴다. 난생 처음 보는 거니까. '낙
타등'은 이언진의 시문을 가리킨다. 이언진이 자신의 글에 대해 품었던 높은 자부심은
이 시집 곳곳에서 발견된다.

99

신의(神醫)는 침 하나로 사람 살리고
용장(勇將)은 작은 칼로 사람 죽이지.
참된 뜻은 반 마디 게송(偈頌)에 있나니
일만 명 석가라도 말할 수 없지.

—

神醫活人一鍼, 勇將殺人寸鐵.
眞實義在半偈, 萬釋迦說不出.

제2행은 '촌철살인'을 이른 것. '게송'은 불교에서 자신의 깨달음을 읊은 짧은 운문 형
식의 글을 이르는 말이다. 이 시는 참된 뜻은 긴 언설이 아니라 촌철살인의 짧은 말을
통해 드러난다는 사실을 말하고 있다. 기실 6언 4행의 단소한 형식을 취하고 있는 『호
동거실』은 이런 게송에 가깝다.

100

그림 그리면 3분의 진실 드러나거늘
옷 주름과 수염이 그것.
그림 안 그리면 10분의 진실 드러나거늘
흰 종이가 곧 부처.

—

畫時有三分眞, 衣摺痕毛和髮.
不畫時十分眞, 淨白紙卽是佛.

이 시에서 말한 '그림'이란 곧 부처 그림일 것이다. 제4행에서 말한 '부처'란 여래(如
來), 즉 진리를 말한다. 부처는 '형상'에 있지 않고 형상 '너머'에 있다. 형상이 곧 부처
라고 생각하는 것은 미망이다. 형상을 여의어야 비로소 부처를 만날 수 있다.

101

눈 감으면 무수히 떠오르는 광경
불빛도 같고 금빛도 같고.
천억의 부처가 다 나타나니
이 종이는 태워도 그만.

閉眼中光景多, 如火光如金光.
千億佛畢來現, 此張紙火無妨.

이 시에서 말하고자 한 포인트는, 도(道)가 형상 밖에 있다는 사실. 눈을 감으면 찬란한
세계가 펼쳐지고 온갖 부처들이 보인다. 그러니 굳이 종이에다 부처의 형상을 그릴 건
없다. 시인은 참선 공부가 진전되면서 이런 신비 체험을 하게 된 듯하다.

102

오랑캐 섬나라의 몇 권 불경은
문자로써 공양한 것.
겁(劫)이 다해도 육기(六氣)의 기운
어찌 감히 방장(方丈) 범하리.

—

蠻子國數卷經, 以文字爲供養.
畢劫後四風雨, 不敢侵室方丈.

원문 제1행의 '만자국'(蠻子國)은 일본을 가리킨다. 조선은 일본에 여러 차례 인쇄본
대장경을 보내준 바 있다. '겁(劫)이 다했다' 함은 엄청난 시간이 흘렀음을 말한다. '육
기'는 천지 사이의 여섯 기운, 즉 한(寒)·서(暑)·조(燥)·습(濕)·풍(風)·우(雨)를 이른다.
'방장'은 절의 주지가 거처하는 방을 이른다. 여기서는 불경이 보관된 '절'을 뜻한다고
보면 된다. 제1·2행은 우리나라가 일본에 불경을 준 것은 문자로써 부처님께 공양한
일에 해당한다는 뜻이고, 제3·4행은 이 불경이 부처님의 가호로 영원히 전해질 것이라
는 뜻이다. 이 시는 불경에 대한 시인의 경외심을 보여주는 한편, 우리나라 불교에 대한
자긍을 보여주는 것으로 생각된다.

꼭 울단주(鬱單州)에 태어날 건 없지
몸 따라 옷과 밥 생기는 법이니.
꼭 점성국(占城國)에 살 것은 없지
한낮에 일어나고 밤늦게 자니.

—

生不必鬱單州, 自有隨身衣食.
居不必占城國, 午時起子時宿.

'울단주'는 수미(須彌) 사주(四州)의 하나인 울단월(鬱單越)을 말한다. 수미 사주의 남
쪽에 있는 것이 '남염부주'이고, 북쪽에 있는 것이 울단주다. 울단주에 사는 사람들은
그 수명이 천 세라고 한다. '점성국'은 현 베트남 국토의 중남부 지역을 차지하고 있던
나라인 참파를 가리킨다. 점파(占婆)라고도 표기한다. 점성국은 무더운 나라라 사람들
이 늦게 일어나고 늦게 잔다. 이언진은, 아마 건강하지 못해서였겠지만, 늦게 자고 한낮
에 일어나는 생활 버릇을 갖고 있었던 것 같다. 이언진은 이 점을 제3·4행에서 약간 비
틀어 표현하고 있다. 제1·2행에도 비틀림이 있다. 만일 낙원인 울단주에 태어났더라면
의식주의 걱정 같은 것은 없을 터이다. 시인은 지금 의식(衣食)의 곤핍을 겪고 있다. 그
럼에도 이언진은 이렇게 말하고 있다: '울단주에 꼭 태어날 건 없지 뭐. 그럭저럭 살아
가고 있으니.'

이따거가 쌍도끼를
장난삼아 놀린 건 큰 잘못.
손에 따로 박도(朴刀)를 들고
강호의 쾌남들과 결교하였지.

—

李大哥兩板斧, 假弄來大破綻.
手裡別執朴刀, 結識江湖好漢.

'따거'(大哥)는 동년배 이상의 남자에 대한 존칭으로 쓰이는 백화. 이따거는 『수호전』
에 등장하는 호걸의 한 사람인 흑선풍(黑旋風) 이규(李逵)를 가리킨다. '박도'는 몸체가
길고 자루가 짧은 무기용 칼이다. '강호의 쾌남'은 『수호전』의 도적들을 가리킨다. 이규
는 양산박의 108명 도적 중 가장 잔인한 인물이다. 그는 쌍도끼를 휘두르며 닥치는 대
로 살육을 일삼아 무고한 사람까지 죽었다. 시인은 이규가 쌍도끼를 함부로 놀린 것이
큰 잘못이라고 했다. 그럼에도 시인은 『수호전』에서 가장 전투적이고 저항적인 인물인
이규애 각별한 애정을 쏟고 있다.

손가락끝, 붓끝, 종이 사이에
하나의 부처 분명 생겨나지만
손가락끝 보고 붓끝 보고
종이를 봐도 부처는 없네.

—

指尖筆頭紙面, 一佛分明湧現.
指尖看筆頭看, 紙面看皆不見.

부처를 그릴 때 손가락으로 붓을 잡고 종이에 그린다. 하지만 손가락끝에도, 붓끝에도,
종이에도 부처는 없다. 그렇다면 그림의 부처는 어디에서 온 것일까? 마음에서 왔을
터. 모든 사람의 마음에 부처가 깃들어 있으므로.

106

귀로 듣는 사람은 부처가 귀에 있다 하고
입으로 말하는 사람은 부처가 혀에 있다 하네.
두 주장 하도 강해 깨뜨릴 수 없지만
내가 보긴 귀에도 혀에도 부처는 없는걸.

—

聞者謂佛在耳, 談者謂佛在舌.
兩端見牢不破, 吾則謂皆無佛.

사람들은 자기 마음 밖에서 부처를 찾지만, 심외무불(心外無佛), 즉 마음 바깥에 부처가 있지 않다. 그러므로 이 시는 사람들의 미망을 지적하고 있다. 이 시집은 이처럼 뒤로 올수록 불교에 대한 시인의 관념을 더욱 짙게 보여준다.

은호(殷浩)의 저 돌돌법(咄咄法)으로
허공에 한 권의 불경을 쓰네.
수화겁(水火劫)을 겪어도 안 없어질 거야
왜냐고? 본래 형체가 없었으니까.

—

殷揚州咄咄法, 空裡書一卷經.
水火劫不能滅, 何以故本無形.

'은호'는 중국 동진(東晉) 때 사람인데, 양주(揚州)로 좌천되자 매일 허공에다 '돌돌괴
사'(咄咄怪事: '쯧쯧, 참 괴상한 일이야'라는 뜻) 네 글자를 썼다고 한다. '돌돌법'이란
바로 이를 가리킨다. '수화겁'(水火劫)은 겁화(劫火)와 겁수(劫水)를 이른다. '겁화'와
'겁수'는 세계가 괴멸할 때 일어나는 큰 화재와 큰 물난리를 말한다. 형체가 있는 모든
것은 소멸한다. 여래(如來), 즉 진리는 형체 밖에 있다. 본래 형체가 없으니 생멸을 겪지
도 않는다.

108

한 번 그려도 두 번 그려도 그 모습 아닌데
천만 번 대체 누굴 그리나.
천만 번 잘못 그려도 좋기만 해라
우리 부처는 무량신(無量身)을 갖고 있으니.

—

一描訛再描訛, 千萬描甚麼人.
千萬謬千萬好, 吾佛有無量身.

부처의 모습은 아무리 그려도 부처 같지 않다. 그럴 수밖에 없는 게 부처는 형상 밖에
있으니까. 형상을 허문 자리에 부처가 있다. 그러니 아무리 형상으로 부처를 포착하려
해도 부처는 포착되지 않는 법. 그럼에도 시인은 계속 부처의 형상을 그린다. 시인은 이
시에서 부처에 대한 무한한 경모심(敬慕心)을 드러내 보이고 있다.

어느 집엔들 한 장의 종이 없겠냐마는
장부(帳簿) 목록으로 쓰든가 고소장으로 쓰지.
인색한 사람 탐욕스런 사람이
관세음보살 그릴 리 있나.

—

誰家無一張紙, 書帳目書告狀.
慳心人狼心人, 不肯施菩薩像.

관세음보살은 어려움에 처한 중생을 도와주는 자비의 보살이다. 이 시집에는 관세음보
살이 여러 차례 언급되어 있다. 당시 민중세계에는 관음신앙이 널리 유포되어 있었다.

110

종이 반 장 찢어서 문구멍 막고
종이 반 장 찢어서 침을 닦누나.
지금의 이 몸은 환영(幻影)이어늘
그 모습 그려 봤자 참이 아니네.

—

裂半紙糊窓穴, 裂半紙拭唾津.
見在身本是幻, 描寫相又不眞.

───────

종이에 나를 그려도 그건 나가 아니니, 차라리 종이를 다른 데 쓰는 게 낫다는 것. 지금
나의 몸, 그리고 지금 현전(現前)하는 모든 것은 실상(實相)이 아니요, 환화(幻化)다. 그
러니 나에게 집착해서도 안 되고, 물(物)에 집착해서도 안 된다. 물아(物我)에 대한 집
착은 모두 망상에서 비롯된다. 이 시는 불교의 이런 가르침을 바탕에 두고 있다.

111

이백(李白)과 이필(李泌)에다
철괴(鐵拐)를 합한 게 바로 나라네.
옛 시인과 옛 산인(山人)과
옛 선인(仙人)은 성이 모두 이씨라네.

—

供奉白鄴侯泌, 合鐵拐爲滄起.
古詩人古山人, 古仙人皆姓李.

'이필'은 당나라 현종·숙종 때의 문인으로, 재주가 있었으나 권신(權臣)에게 미움을 받아 자주 은거 생활을 하였다. '철괴'는 이철괴(李鐵拐)를 말한다. 중국 전설에 나오는 여덟 신선의 하나다. 옛 시인은 이백을, 옛 산인(山人)은 이필을, 옛 선인(仙人)은 이철괴를 말한다. '산인'이란 세상을 벗어나 산수에 은거한 사람을 일컫는 말. 이 시는 이언진 자신에 대한 자부를 표현했다. 자신은 뛰어난 시인이고, 세상에 초연한 사람이며, 단(丹)을 추구하는 사람이다. 그러니 이백과 이필과 이철괴, 이 셋을 합한 존재가 바로 나다. 이런 뜻을 노래했다.

112

얼굴이 누런 건 고불(古佛) 비슷하고
옷이 흰 건 산인(山人) 비슷하네.
세상을 경륜하든가 세상을 벗어나야
비로소 몸 밖의 몸을 살 수 있다네.

—

面黃者類古佛, 衣白者類山人.
能經世能出世, 始能生身外身.

'고불'은 조성한 지 오래된 불상을 이르는 말. 시인이 병으로 얼굴이 누런 것을 고불 같
다고 한 것. '경세'(經世), 즉 세상을 경륜함은 유교의 핵심이요, '출세'(出世), 즉 세상
을 벗어남은 불교의 핵심이다. 이 둘은 모순되지만, 이언진은 이 둘을 모두 추구했다.
그리하여 한편으로는 경세의 뜻을 품고, 다른 한편으로는 이 세상을 벗어나고자 하는
뜻을 품었다. 이언진이 불교에 귀의하게 된 것은 지병 때문이지만, '출세'에 대한 그의
지향은 '경세'에 대한 욕구의 좌절감에 반비례한다고 봐야 할 것이다.

머리뼈로 만든 백팔 염주와
무쇠로 만든 한 개의 계척(戒尺)으로
일념(一念)에 극락왕생하니
미륵의 출세(出世)는 일컫고자 않네.

—

幾顆頂骨數珠, 一條生鐵戒尺.
念念奪九品蓮, 不欲稱尊雞足.

"머리뼈로 만든 백팔 염주"는 『수호전』에 나오는 말이다. '계척'(戒尺)은 불교의 율사
(律師)가 승도(僧徒)에게 계율을 설(說)할 때 치는 도구다. '염'(念)은 불교에서 극히 짧
은 시간을 가리키는바, 60찰나가 곧 1념이다. 정토종(淨土宗)에서는 '일념업성'(一念
業成)이라 하여, 아미타불을 믿는 짧은 1념만으로도 극락왕생할 수 있다고 말한다. 조선
후기 민간에는 미륵하생 신앙이 널리 유포되어 있었다. 지배층의 억압과 수탈에 시달리
던 민중이 미륵의 출현을 유토피아적으로 희구한 결과라 할 것이다. 하지만 시인은, 아
미타불을 믿으면 1념에 곧 왕생이 결정되니, 언제 출현할지 알 수 없는 미륵을 믿느니 아
미타여래를 염불하는 게 낫지 않을까라고 생각하고 있다.

114

오관(五官) 외에 문안(文眼)이 있고
온갖 병(病) 중에 돈병은 없네.
시 읊기, 글씨 쓰기, 그림 그리기
사람이 지녀야 할 건 모두 족하네.

—

五官外具文眼, 百病中無錢癖.
吟得寫得畫得, 人所應有皆足.

'오관'은 눈, 귀, 코, 혀, 피부의 다섯 감각기관을 말하고, '문안'(文眼)은 글을 품평하는
마음의 눈을 말한다. 이 시는 시인 자신에 대해 말했다. 이언진은 시는 물론이고 서(書)
와 화(畵)에도 자부를 드러내곤 했다. 이 시는 돈에 초연했던 시인의 개결한 성격을 잘
보여준다.

115

송유(宋儒)는 심(心)을 말하고 성(性)을 말하며
저마다 굳건하게 버티고 섰네.
「타괴」시(打乖詩)와 「격양음」(擊壤吟) 읊은
소강절(邵康節)은 그들과는 다른 사람이고말고.

―

宋儒說心說性, 箇箇八字着脚.
打乖詩擊壤吟, 邵堯夫另一色.

'송유'는 중국 송나라의 성리학자를 가리킨다. 주돈이, 정호, 정이, 주희 등 송대의 성리
학자들은 인간의 심성에 하늘의 이치가 부여되어 있다는 전제하에 이전의 유학과는 사
뭇 다른, 대단히 관념적이고 사변적인 철학을 전개하였다. 성리학은 한편에서는 인간
의 보편성을 말하면서도, 다른 한편에서는 인간이 하늘로부터 품부받은 기질에 따라
선천적 차등이 있음을 분명히 하였다. 이는 실제 현실에서 인간의 신분적 차등을 정당
화하고 공고히 하는 이데올로기로 작용하였다. 하지만 이언진은 북송의 소강절에 대해
서는 존모의 염(念)을 품었다. 소강절은 기수(氣數)를 중시하며 도가적 지향이 강한 사
상을 전개했는데 이런 점이 시인의 지향과 통해서였을 것이다.

116

관세음보살! 관세음보살!
저리도 기리네.
같을 필요도 없고 같아서도 안 되지
때로 저렇게 응현(應現)한다면.

—

俗稱觀音大士, 贊之亦復如是.
不必似不須似, 若有時應爾爾.

괴로울 때 관세음보살을 생각하며 그 이름을 외면 관세음보살이 그 소리를 듣고 즉시 구제해 준다는 것, 이것이 관음신앙의 요체다. 이 시의 제1·2행은 당대 민간에서 신앙 되던 바로 이 관음신앙에 대한 진술이다. '응현'은 불교어인데, 부처나 보살이 중생의 근기(根機)나 처지를 고려해 여러 가지 모습으로 자신을 드러내 중생을 교화하거나 돕 는 것을 이르는 말이다. 관세음보살은 33신(身)이 있어 다양한 모습으로 중생에게 나 타난다. 제3·4행은 관음보살이 중생의 상황에 따라 갖가지 모습으로 중생에게 나타나 면 되는 것이지, 그 모습이 같을 필요도 없고 같아서도 안 됨을 말했다.

지옥도(地獄圖)에 불법(佛法)을 담고
패관소설로 설법 편 것은
앞에는 오도자(吳道子) 뒤엔 시내암(施耐菴)
둘 다 용수(龍樹)의 학문 입증하였네.

—

地獄圖上現相, 稗官書中說法.
前道子後耐菴, 皆證明龍樹學.

'지옥도'는 불교의 지옥변상도(地獄變相圖)를 말한다. 중생들에게 선업(善業)을 쌓게 할 목적으로, 중생들이 전생의 업보에 따라 지옥에서 고통 받는 모습을 자세히 그린 그림이다. '오도자'는 당나라 최고의 화가로서, 〈지옥변상도〉(地獄變相圖)로 유명하다. '시내암'은 원말 명초의 인물로, 『수호전』의 작자다. '용수'는 인도의 불교 사상가 나가르주나를 말한다. 이 시는 이언진의 불교에 대한 경도와 『수호전』에 대한 애호를 서로 결합시키고 있음이 주목된다.

118

얼굴은 검댕이 같고 뼈는 장작 같아
꼭 비바람 맞고 선 장승이구먼.
영묘한 감응 조금도 없으니
잠시도 안 되지 절에 있어선.

—

面如煤骨如柴, 如風雨木居士.
半點兒沒靈感, 不可少叢林裡.

이 시는 양산박 108인의 한 사람인 화화상(花和尙) 노지심을 읊었다. 노지심은 이규와
마찬가지로 무식하고 과격하나 의협심이 강하며 몹시 저항적인 서민적 인물이다. 『수
호전』의 호걸 가운데 이언진이 대놓고 읊은 인물은 이규와 노지심, 단 두 사람이다.

문자(文字)로 설법 펴니
패관소설 가운데 부처가 있다.
수염과 웃는 모습 생생도 하니
양산박 108인이 모두 시내암.

—

以文字來說法, 稗官中有瞿曇.
鬚眉在欻笑在, 百八人皆耐菴.

양산박은 주지하다시피 『수호전』에 나오는 도적의 본거지다. "패관소설 가운데 부처가
있다" 함은, 『수호전』이 비록 패관소설이지만 인과응보라는 불교의 이치를 담고 있다
는 뜻. 제3행은 『수호전』이 송강을 비롯한 108명 도적들의 모습을 마치 눈앞에 대하듯
생생히 묘사해 놓았음을 이른 말. 제4행은 이 108인의 개성적 묘사 속에 작가인 시내암
의 정신과 마음이 깃들어 있다는 뜻. 시인은 패관소설인 『수호전』을 은근히 경전의 지
위로 끌어올리고 있다.

120

관(冠)은 유자(儒者)요 얼굴은 승려
성씨는 상청(上淸)의 노자(老子)와 같네.
그러니 한 가지로 이름할 수 없고
삼교(三敎)의 대제자(大弟子)라 해야 하겠지.

—

儒其冠僧其相, 其姓則上淸李.
要不可一端名, 三敎中大弟子.

'상청'은 도교에서 선인(仙人)이 산다고 하는 하늘 세계를 이르는 말이다. '삼교'는 유
불도(儒佛道)를 말한다. 시인은 자신이 유불도 셋 가운데 어느 것은 존숭하고 어느 것
은 배척하는 것이 아니라, 셋을 모두 존숭함을 말하고 있다. 그래서 제4행에서 자신을
"삼교의 대제자"로 규정했다. '제자'면 제자지 '대제자'는 또 뭔가? 이런 데서 이 시인
의 개성이 잘 드러난다 할 것이다. 자신은 조무래기가 아니라 거물급에 속한다는 자의
식이 이 '大' 자 속에 담겨 있다. 이런 거만함이 이 시에서는 느껴진다.

121

말에는 참신한 것과 진부한 게 있고
법(法)에는 활법(活法)과 사법(死法)이 있지.
만산(萬山)은 명당을 품고 있지만
신안(神眼)이 없으면 못 알아보지.

—

語有新有陳腐, 法有活有印板.
萬山抱藏眞穴, 覘者除是神眼.

'활법'(活法)은 정해진 방법을 창조적으로 변용하는 것을 이르는 말이고, '사법'(死法)은 정해진 방법을 융통성 없이 그대로 답습하는 것을 이르는 말. 참신한 말, 진부한 말, 활법, 사법은 모두 문학 창작과 관련된 말이다. 이 시는, 작가란 모름지기 높은 안목을 갖추어야 하며, 참신한 언어로 법외(法外)의 법을 추구해야 함을 말하고 있다.

다섯 가지 계율 외에 '찬제'(羼提)가 있으니
'인욕'(忍辱)이라고 풀이하지.
스스로 찬제거사(羼提居士)라 이름했으니
찬제인욕불(羼提忍辱佛)은 될 수 있겠지.

———

五戒外有羼提, 解之者曰忍辱.
號稱羼提居士, 能能佛能做得.

'다섯 가지 계율'은 불교의 '오계'(五戒), 즉 살생, 도둑질, 음행(淫行), 거짓말, 음주를
해서는 안 된다는 계율을 말한다. '찬제'는 산스크리트어 크산티(kṣānti)의 중국어 음
역(音譯)으로, 인욕(忍辱)이라고 번역한다. 굴욕을 참고 고난을 감당한다는 뜻이다. 불
교에서는 보살 수행의 여섯 가지 덕목으로 6바라밀을 일컫는데, 보시, 지계(持戒), 인
욕, 정진(精進), 선정(禪定), 지혜(智慧)가 그것이다. 인욕, 즉 찬제는 이 6바라밀의 하
나다. 찬제인욕불은 욕됨을 참는 데 능한 부처다. 시인은 무슨 참아야 할 욕됨이 그리
많아서 스스로 '찬제거사'라 이름한 것일까.

얼굴 검으면 멋대로 '시커먼 놈'이라 부르고
아둔하면 멋대로 '백치'라 부르지.
나는 가(可)함도 불가(不可)함도 없나니
원하는 건 공자를 배우는 거라네.

—

面黑任稱黑廝, 性癡任稱白癡.
吾無可無不可, 乃所願學仲尼.

제1·2행은 시인이 규범이나 교의(敎義) 같은 데 구애되지 않고 자신의 성정에 따라 하
고 싶은 대로 한다는 뜻이다. 유교를 신봉한 조선의 사대부들은 유교적 기준에 따라 옳
고 그름과 해야 할 일과 해서는 안 되는 일을 구분했다. 유교가 도덕·윤리·행위의 절대
적 규준이 되었던 것이다. 이언진은 이와 달리 유·불·도 3교를 다 받아들였기에 다른
태도를 취했다. 제3·4행은, 시인은 특정한 교의(敎義)를 절대화하거나 하나의 이념 체
계만을 고수하지는 않지만, 그럼에도 자신이 배우고 싶은 것은 공자의 가르침임을 말
했다. 비록 유교에 방점을 찍고는 있으나 그렇다고 해서 이언진이 견지한 3교 존신(尊
信)의 입장에서 벗어나는 건 아니다. 이 시는 앞의 제67수와 연결되는 바가 있다.

124

대갈일성(大喝一聲) 마치 우레와 같네.
"해가 중천에 있는데 왜 안 일어나요!"
염불소리 범패소리
범부승(凡夫僧) 꿈속에 들려오네.

—

猛一喝如雷吼, 日過午胡不起.
讚歎聲歌唄聲, 凡夫僧睡夢裏.

'범부승'은 아직 미혹을 끊지는 못했으나 깨달음을 얻기 위해 성실하게 노력하는 사람을 이른다. 여기서는 시인 자신을 가리킨다. 이언진이 만년에 절에 머물며 절밥을 먹기도 했음은 뒤의 제161수에서 확인된다. 이언진은 몸이 약한 데다 병이 있어 곧잘 늦잠을 자는 바람에 해가 중천에 걸려서야 일어나곤 했다. 이 시는 시인이 절에서 늦잠 자는 상황을 해학적으로 노래했다.

125

나의 시는 스산한 데다 메마르고
불교 믿지만 아내 있고 고기도 먹지.
얼굴이 비석(碑石)처럼 창백한 줄만 알지
가슴속에 술나라가 있는 줄은 모르네.

—

學詩郊寒島瘦, 學佛周妻何肉.
但見貌如白碑, 不知胸有醉國.

'술나라'는 술에 곤드레 취해 정신이 몽롱한 상태를 이르는 말. 현실에 불만이 있거나
불평지심(不平之心)이 있는 문인들이 종종 술나라를 거론하곤 했다. 그 속에서 현실을
잊고자 해서다. 그러므로 이언진이 자기 가슴속에 술나라가 있다고 한 것은, 현실과 관
련해 잊어야 할 무언가가 잔뜩 가슴속에 쌓여 있음을 시사한다.

자리에 앉혀서는 안 될 사람은
좋은 옷 입은 하얀 얼굴의 명사(名士).
입에 올려서는 안 될 셋은
규방, 저자, 조정.

—

坐不着一種人, 鮮衣白面名士.
口不道三樣話, 閨裏市裡朝裡.

'좋은 옷 입은 하얀 얼굴의 명사'는 사대부 귀족을 이를 터이다. 이런 사람을 밥맛없다
는 투로 말하고 있다. 규방은 여자가 거처하는 공간이다. 그러니 규방에서 벌어지는 일
이란 대체로 지극히 사적이거나 은밀한 것이게 마련이다. 그래서 입에 올리지 말아야
한다고 했을 터. 저자는 돈이 오고가고, 영리가 추구되는 곳이다. 돈에 골몰하거나 이익
에 골몰하면 대개 속되고 비루해진다. 그래서 저자에 관한 말을 입에 올리지 말아야 한
다고 했을 터. 조정은 사대부 계급의 것이지 여항에 속한 사람들의 것이 아니었다. 그러
니 조정의 일을 입에 올려 봤자 뭐 하겠는가. 기분만 나쁘지.

127

짠 것, 시큼한 것, 매운 것
간장 가게에서 나는 냄새에 코를 가리네.
바라 치고 징을 쳐
수륙재(水陸齋) 올리는 소리 귀에 시끄럽네.

—

醎的酸的辣的, 油醬鋪氣掩鼻.
鐃兒鈸兒磬兒, 水陸場聲鬧耳.

'수륙재'는 물이나 육지의 고혼(孤魂)을 공양하는 법회를 이른다. 장 파는 가게의 시큼
하고 매운 냄새와 수륙재 올릴 때의 바라 치고 징 치는 소리는 모두 신산하다는 점에서
동일하다. 둘은 모두 지상에서 영위되는 삶의 신산함을 암시하고 있다고 보인다.

128

서방(西方)에는 문자의 바다가 있고
상천(上天)에는 도서관이 있지.
글을 모르면 옥황상제도 없고
글을 모르면 부처도 없네.

—

西方有文字海, 上天有圖書府.
不識丁無玉帝, 不識丁無佛祖.

'서방'은 불교에서 말하는 서방정토를 이르고, '상천'은 도교에서 옥황상제가 거주한다
는 상청(上淸)을 이른다. 시인은 말한다: '여러분! 글을 알아야 해요. 글을 알아야만 불
교를 알 수 있고, 글을 알아야만 도교를 알 수 있답니다.' 온갖 기서(奇書)와 비서(祕書)
를 탐독했으며, 지식에 대한 병적 탐닉을 보여준 이언진의 면모가 잘 느껴진다. 권력과
맞서기 위해선 글을 많이 읽어야 했고, 광박한 지식을 축적해야 했다.

내가 만일 새라면 꿩일 거야
초록색에 금빛 돌고, 푸른색에 자줏빛 도는.
이 새 하나 빼고는
일만 새가 모두 검은빛이지.

—

在鳥獸爲翬尾, 金漸綠紫漸青.
除是野烏一種, 黑色萬羣同形.

자신이 최고라는 자의식을 드러내고 있다. 시인의 자의식이 높으면 높을수록 비극성은
더욱 고조되고, 현실과의 불화감은 더욱 깊어 간다. 이언진이 죽자 그의 스승인 이용휴
는 그의 만시(挽詩)에서 그를 '오색(五色)의 진기한 새'에 비유한 바 있다.

130

마음으로 그를 그리워하고
손바닥으로 그를 받드네.
동(東)에서 밥 먹고 서(西)에서 자며
어쩌자고 나는 그를 사랑하는지.

—

心坎裏懷着他, 手掌兒擎着他.
東家食西家宿, 我愛他做甚麽.

이 시는 부처, 특히 아미타불에 귀의하는 마음을 노래한 것으로 보인다. 절절하고 진실
되다.

서산에 뉘엿뉘엿 해 넘어갈 때
나는 늘 이때면 울고 싶어요.
사람들은 대수롭지 않게 여기며
어서 저녁밥 먹자고 재촉하지만.

—

白日輾轉西墜, 此時吾每欲哭.
世人看做常事, 只管催呼夕食.

'죽음'을 응시하며 쓴 시다. 시인은 자신의 죽음을 예감했던 듯하다. 해가 지는 것은 존재의 황혼과 같다. 시인은 소멸의 운명 앞에 자연 슬픈 마음이 되어 울고 싶어졌을 것이다. 이 시집에서 가장 아름답고 슬픈 시다.

132

천하엔 본래 일이 없는데
유식한 이가 만들어 내지.
책을 태워 버린 건 정말 큰 안목
그 죄도 으뜸이요, 그 공도 으뜸.

—

天下本自無事, 文人弄出事來.
焚詩書大眼力, 罪之首功之魁.

제3행은 진시황의 분서갱유(焚書坑儒)를 이른다. 지식을 부정하는 것으로 이 시를 읽어서는 안 된다. 이 시는 다만 지식을 악용하거나 오용함으로써 생기는 폐단에 대해 말하고 있다. 예나 지금이나 학자와 지식인들은 종종 곡학아세(曲學阿世)하거나 혹세무민을 일삼는다. 지식을 이용한 기만과 거짓의 자행이다.

133

도인(道人)은 행색이 남루하지도 않으면서
자칭 남루한 도인이라 하지.
도인은 금은(金銀)이 뭔지도 모르면서
성(姓)을 금, 이름을 은이라 하지.

—

道人不襤不褸, 自稱襤褸道人.
不識金銀何物, 有時姓金名銀.

'도인'은 도학자를 말한다. 도학자가 보여주는 표리부동함, 공소(空疎)함과 허위를 비
꼰 시다. 한마디로, 도학자의 위선에 대한 야유다.

정말 남루한 도인일세!
정말 용렬한 선생이야!
설사 효성스런 자손 있을지라도
'문성'(文成)이라는 거짓 시호 허락지 말아야.

—

眞箇魋尵道人, 眞箇腌臢先生.
雖有順子慈孫, 不許假諡文成.

시호는 큰 공적을 쌓거나 학문이 뛰어난 사람에게 그의 사후 국가에서 내리는 이름이
다. 당대의 현실을 풍자한 시다.

도인은 마음이 너무 편협해
만 가지 생각 얽어 옥사(獄事)를 엮네.
맑은 새벽 일어나 책 덮고 앉아
까닭 없이 홀연 웃고 홀연 우노라.

—

道人心腸褊窄, 萬想鍛鍊成獄.
淸曉卷書起坐, 無事忽笑忽哭.

도학에서는 학문과 정치가 통일되어 있어, 학문적 입장이 곧바로 현실정치로 이어진
다. 그래서 우리 편은 군자당(君子黨), 상대편은 소인당(小人黨)으로 간주해 매사에 적
대적으로 대하고, 술수와 무함을 동원해 옥사까지 일으켜서 반대당의 씨를 말리려 든
다. 이것이 조선 시대의 당쟁이다. 시인이 새벽에 일어나 읽은 책은 당쟁을 기록한 책이
아닐까 한다. '까닭 없이 홀연 웃고 홀연 울고' 한 것은, 당쟁의 어이없음과 참혹함에
비감해져서일 것이다.

136

옛적에 백장(百丈)선사는
"추울 때는 추위로, 더울 때는 더위로 죽여라"고 했지.
4백 가지 병 중엔 이 병이 없지만
문자는 사람을 덜덜 떨게 하누만.

—

昔時百丈尊師, 有言寒殺熱殺.
四百病無此病, 文字令人瘧疾.

'백장선사'는 당나라의 선승(禪僧) 회해(懷海)를 이른다. 강서성(江西省)의 백장산(百
丈山)에 거주했으므로 백장선사라 칭한다. 그는 일찍이 "추울 때는 추위로 사리(闍黎:
승도의 스승)를 죽이고, 더울 때는 더위로 사리를 죽여라"라는 말을 한 적이 있다. '4백
가지 병'은, 불교에서 사람의 몸에 생긴다고 하는 404가지 병을 이른다. 이 시의 포인트
는 제4행에 있다. 제1·2행에서 백장선사의 어록 문자를 들고 나온 것은 문자가 이리 위
력이 있음을 보이기 위한 것. 문자는 불교에서 말한 4백 가지 병에 포함되어 있지 않지
만, 사람을 벌벌 떨게 만든다. 이 시는 문자 행위로 사람을 공격하거나 무함하거나 무서
운 옥사(獄事)를 일으키던 당대의 현실을 암유하고 있다.

유복자가 제 아빠 생각할 제에
웃는 얼굴, 귀, 코, 입 생각할 테지.
어슴푸레 꿈속에 아빠 보고서
엄마한테 물으면 맞다 할 테지.

遺腹子思其父, 思言笑思口鼻.
怳惚來夢中見, 問其母果然是.

시인은 다가오는 자신의 죽음을 예감하며 그 사후(死後)의 일을 그려 보고 있다.

138

산인(山人)은 응당 산에 살아야
얼굴과 골격, 마음이 산 닮을 텐데.
할 수 있는 일 본래 아무것도 없으니
영예도 욕됨도 명성도 없네.

—

山人合住山中, 山貌山骨山情.
本來無事可做, 無榮無辱無名.

이언진은 분잡한 호동에 살면서도 스스로를 '산인'(山人)으로 자처했다. 산인이란 세
속을 벗어나 산에 은거한 사람을 이른다. 산에 은거하지 않으면서도 산인을 자처한 것
은 마음으로나마 그런 삶을 그리워했기 때문일 것이다. 이언진은 신분이 미천해 자신
이 지닌 경륜을 펼 기회도 없고, 펼 수도 없었다. 통역 일을 했지만, 그건 호구지책일 뿐
이다. 제3·4행은 이 점에 대한 자조다.

139

재주 높아 일찍 벼슬을 하고
박학하여 저자의 물건 값 알지.
비석과 열전에 적을 만하군
한 글자도 거짓 없고 진실이어늘.

—

高才早得官啣, 博學能知市價.
可入墓表列傳, 一字是實無假.

이언진은 스무 살에 역과에 합격하여 사역원 주부(主簿)가 되었다. 주부는 종6품 벼슬. 사역원 주부는 문과가 아닌 잡과(雜科) 출신에게 수여되는 벼슬로, 문과 출신에게 주어지는 벼슬과는 비교가 되지 않는 것이었다. 그러니 이언진이 '재주 높아 일찍 벼슬을 했다'는 것은 결코 자랑할 만한 일이 아니다. 그리 재주가 높았으면서도 고작 기능직 말단관리인 사역원 주부밖에 못한 게 되니. 이언진은 박학했다. 하지만 박학해서 저자의 물건값을 안다는 것은 별로 자랑할 일이 아니다. 그리 박학했으면서도 오죽 박학을 써먹을 데가 없었으면 시장의 물건값 아는 것을 박학의 소치로 자랑했겠는가. 이 시에서는 뒤틀림과 아이러니가 느껴진다.

140

원수는 천 명, 지기(知己)는 하나
사람 아니라 모두 동물에 있지.
열전 지어 물고기와 새 찬미하고
하늘에 제(祭) 올려 교룡(蛟龍)과 이〔蝨〕 저주하노라.

—

讐己千知己一, 不在人都在物.
作列傳贊禽魚, 設大醮詛蛟蝨.

'원수'는 지배계급에 속한 사람들이고, '지기'는 스승인 이용휴를 가리킬 터. '물고기와
새'는 골목길의 서민이나 중인을 가리킨다. '교룡'은 깊은 물속에 살면서 인간을 해치
는 흉포한 동물인데, 여기서는 군주를 가리킨다. '이'〔蝨〕는 백성을 수탈하는 관리를
가리킨다. 놀랍게도 이 시는 조선이라는 체제가 취하고 있던 수탈구조=지배구조 그 자
체를 정면에서 저주하며 부정하고 있다. 이 시에서 우리는 인간을 차별하고 착취하고
억압하는 체제에 맞서 어떤 타협도 없이 철저하게 싸우는 한 인간의 모습을 발견하게
된다. 이 시집이 보여주는 저항적 자세의 고점(高點)을 보여준다고 할 만하다.

말에는 약간 수다가 있고
얼굴에는 궁티가 좔좔.
선부(仙府)에 한가로운 관서(官署) 있다면
이런 말단 관원 응당 거기 두어야 하리.

—

話間帶些婆氣, 臉上都是餓文.
冗司若在仙府, 合置這般猥員.

이 시는 시인 자신을 읊었다. 역관은 한가한 벼슬이 아니다. 이언진은 역관으로서 중국
에 두 번, 일본에 한 번 다녀왔다. 한 번 다녀올 때마다 반 년 이상이 소요되었다. 길 위
에서 보내는 시간이 많은 만큼 무척 고단했을 것이다. 그래서 이승에서는 이미 글렀지
만 혹 나중에 천상에 태어난다면 한가한 관서에 배속되어 책을 마음껏 읽고 글도 마음
껏 쓸 수 있었으면 하고 생각한 것이리라.

142

산가지 잡아도 종횡(縱橫)은 모르고
저울을 들어도 고저(高低)는 모르네.
술은 못 마시고
자식 기리고 아내를 무서워하네.

—

握籌不知縱橫, 擧秤不知高低.
不能樂聖避賢, 唯能譽兒畏妻.

'산가지'는 옛날에 수(數)를 셈하는 데 쓰던 도구로, 가는 대나무로 만들었다. '산가지
를 잡는다' 함은 계책을 내 놓는 것을 이르는 말. '종횡'이란 '종횡술'(縱橫術)을 말한
다. 즉, 중국 전국시대 소진(蘇秦)의 합종책과 장의(張儀)의 연횡책처럼, 능란한 변론으
로 이해관계를 진술하며 임금에게 유세하는 것을 이른다. 제1행은 시인에게 비록 지모
가 있긴 하나 그걸 발휘할 기회가 없음을 말한 것. 제2행은, 그렇다고 해서 시인이 장사
꾼이 될 수도 없음을 말한 것. 저울은 물건 값을 정할 때 쓰는 기구다. 저울을 잡아도 고
저를 모른다 함은, 상행위를 할 줄 모른다는 말. 이 시 역시 시인의 자기서사(自己敍事)
에 해당한다.

녹비옷 입고 불자(拂子) 들고서
귀면(鬼面) 같은 등나무 지팡이 짚고 가누나.
천지간 아무짝에도 쓸모없지만
도사(道士)나 중은 되려고 않네.

—

鹿皮裘牛尾塵, 拖一條鬼面藤.
天地間都散漢, 不要道不要僧.

'녹비옷'은 사슴 가죽으로 만든 옷으로, 산속에 숨어 사는 은자가 입는다. '불자'는 소꼬
리 따위로 만든 총채로, 승려가 설법할 때 쓴다. 이 시의 제1·2행은 시인 자신을 형용
했다. 이언진은 도가를 추구하면서도 도사가 되려고 하지 않았고, 불교를 추구하면서
도 중이 되려고 하지 않았다. 그는 관습이나 제도의 틀 속에 포획되지 않고, 자유롭게
살아가며 도를 추구한 것이다. 이언진이 당시 조선의 그 누구보다 앞선 자리에서 사상
의 자유를 추구할 수 있었던 데에는 두 가지 요인이 있다고 생각된다. 하나는 그가 역관
으로서 지배층이나 사회의 주류에 속해 있지 않아 비교적 사유의 제약이 적었다는 점
이고, 다른 하나는 그가 역관으로서 사회적 구속과 차별을 예민하게 느꼈다는 점이다.

144

다닐 때는 제 몸의 양 발로 다니고
앉을 때는 제 몸의 양 무릎으로 앉지.
눈을 뜨고 스승을 닫아 버려야지
머리 기른 부처에 어디 머리가 있던가?

—

行也隨身兩脚, 坐也隨身兩膝.
開着眼合着師, 沒箇髮留髮佛.

제3행은 스스로의 눈을 떠 스승을 떠나도록 하라는 말. 스승에게 갇히면 자신의 주체,
자신의 창조성을 억압하게 되고, 결국 스승의 아류가 되고 만다. 그러니 스승에게 배우
되, 배운 뒤에는 스승을 떠나 자기의 길을 가야 한다. 불상(佛像)에 비록 두발이 있긴 하
나 그건 실제의 두발이 아니요, 조상(造像)에 불과하다. 그러니 부처의 상을 아무리 뚫
어지게 바라봤자 부처를 만날 수는 없다. 부처는 형상을 허물어야 비로소 만날 수 있다.
스승 역시 하나의 형상이다. 이 형상에 집착하거나 구애되어서는 실상을 볼 수 없다. 스
승을 허물어야 비로소 자신의 눈으로 볼 수 있고, 자신의 두 발로 자기 길을 갈 수 있다.
이처럼 이 시는 자신에 대한 존중, 주체의 자각을 강조하고 있다.

협객 규염객(虯髥客)과
오만한 양비공(羊鼻公)은
당(唐) 태종 같은 밝은 임금 만났으니
기이한 이름과 공을 남겼지.

—

跡太俠虯髥客, 容太慢羊鼻翁.
遇明主如髭聖, 成奇名立奇功.

'규염객'은 당나라 전기소설(傳奇小說) 「규염객전」의 주인공이다. 그는 중국을 넘보다
가 이세민(훗날의 태종)을 만나 그가 천자가 될 영웅임을 알아보고는 그만 자신의 뜻을
접는다. '양비공'은 당 태종의 재상이었던 위징(魏徵)을 가리킨다. 성격이 강직하여 임
금에게 직언을 잘한 것으로 유명하다. 이 시는 일종의 빗대어 말하기다. 이언진이 말하
고자 한 속뜻은 이렇다: '나처럼 재주 있는 사람도 없건만 그것을 발휘하지 못하고 있
다. 이는 훌륭한 군주를 못 만났기 때문이 아닌가.' 이언진은 답답한 심정에서 이런 시
를 읊은 것이리라. 이 시는 읽기에 따라서는 당대 조선의 군주인 영조를 '불명지주'(不
明之主)로 여기는 것으로 받아들여질 수도 있다는 점에서 불온하다.

어디서 문신 새기는 사람을 구해
얼굴에 이런 죄명 써 넣을는지.
"가짜 글, 거짓 학문으로
세상 속이고 이름을 도적질한 자!"

—

安所得文墨匠, 記罪過人面上.
以爲假文僞學, 欺世盜名榜樣.

가짜 글과 거짓 학문을 일삼는 자들에 대한 적개심이 번득인다.

쥐는 찍찍, 새는 짹짹
소는 음매, 낙타는 하아.
사자의 우렁찬 울음소리는
하늘 위 땅 아래 모두 들리지.

—

鼠言空鳥言卽, 牛呼车駝呼喝.
大獅子一聲吼, 天上徹地下徹.

흔히 부처님의 설법을 '사자후'(獅子吼)라 하여, 사자의 우렁찬 울음소리에 비유한다.
이 시는 여러 동물의 울음소리 중 사자의 것이 가장 우렁참을 말하고 있다. 동물의 울음
소리는 작은 것에서 큰 것의 순서로 제시되고 있다. 이 시의 동물들은 기실 사람을 가리
킬 터. 하지만 이 시는 부처의 위대함을 예찬한 것은 아니라고 생각된다. 전후의 시들로
보아 이 시는 이언진 자신을 읊은 것으로 봐야 할 것이다.

148

위로는 옥황상제 모시고
아래로는 거지를 모셨지.
이런 방달한 마음
동파(東坡) 죽은 후 누가 지녔나?

—

上陪玉皇大帝, 下陪卑田乞兒.
一副放達襟懷, 東坡去後爲誰.

옥황상제는 도교에서 받드는 최고의 신. '동파'는 소동파를 말한다. 그는 유불도에 두
루 조예가 있었으며, 유교만을 주장하지 않았다. 이 점에서 그의 사상적 지향은 이언진
과 서로 통하는 바가 있다. 이언진은 자신을 소동파에 견주고 있다.

미칠 땐 기생한테 가고
성스러워질 땐 불전(佛前)에 참배하네.
이런 방편(方便)의 법문(法門)
가섭(迦葉)이 내게 전해 줬지.

—

狂時去登妓席, 聖時來參佛座.
這般方便法門, 迦葉傳之在我.

'방편'은 불교어로서, 근기(根機)가 아직 성숙하지 못하여 깊고 묘한 교법(敎法)을 받을
수 없는 사람을 장차 깊고 묘한 교법으로 인도하기 위하여 사용하는 수단·방법을 이른
다. '법문'은 불교의 교법. '가섭'은 석가모니의 수제자 마하가섭을 말한다. 선종(禪宗)
에서는 선(禪)이 마하가섭으로부터 유래한다고 한다. 이 시의 포인트는 제1·2행에 있
다. 제3·4행은 1·2행을 분식(粉飾)하기 위해 한 말에 불과하다. '미칠 때'란 무엇을 말
할까. 욕망이 솟구칠 때를 말할 터. 성스러운 마음이 될 때란 무엇을 말할까. 욕망이 사
그라지고 마음이 맑고 깨끗해진 때를 말할 터. 이처럼 시인에게는 욕망과 욕망의 여읨
이 교차하고 있다. 사람들은 대개 성(聖)과 속(俗), 성(聖)과 광(狂)을 넘나든다. 그게 인
간이다.

150

병든 근육 병든 뼈 문지르지만
마비된 팔은 오줌박도 못 드네.
시(詩)를 들으면 고개 여전히 끄덕이지만
밥을 대하면 똥눌 일이 걱정.

——

摩挲病筋病骨, 臂麻難擧虎子.
聞詩未忘搖頭, 對食常患遺矢.

시인의 병든 몸을 읊은 시다. 이 시는 현재 남아 있는 자료 가운데 이언진의 병에 관한 가장 구체적 정보를 담고 있다. 이 시를 통해 그의 병세가 대단히 심각했던 것을 알 수 있다. 몸이 마비되어 방에서 똥오줌을 받아 내야 했던 지경이었던 것 같다. 이런 극심한 고통 속에서도 이언진은, 시를 들으면 고개 끄덕이길 잊지 않는다고 했다. 이언진에게 시란, 그리고 문학이란, 한갓 자기위안을 넘어 존재의 마지막 보루였던 것을 알 수 있다.

151

저 일천 명 가기(歌妓)
아침나절 목이 뜨겁고 이가 시리네.
철판을 쳐서 박자 맞추며
「대강동거」(大江東去) 소리 높여 노래 부르네.

—

歌妓千人登場, 終朝喉熱齒齼.
拍下一聲鐵板, 高唱大江東去.

'대강동거'(大江東去)는 '장강(長江)이 동쪽으로 흐른다'라는 뜻인데, 소동파가 지은 사
(詞) 「적벽회고」(赤壁懷古)를 가리킨다. 소동파는 이 사에서 인생의 무상함을 유구한
자연에 비추어 관조하고 있다. 이언진의 이 시에는 박두한 죽음을 예감하는 시인의 심
의(心意)가 잘 드러나 있다. 「대강동거」를 수많은 가기들이 합창하는 광경을 한번 상상
해 보라. 그 높고 우렁찬 소리 때문에 인생의 무상감이 더욱더 처연하게 드러나는 것 아
닐까.

152

유의(儒衣) 태워 그 재 날리고
시골로 이사해 농부가 되네.
그래도 글쓰기는 관두지 못해
『우경』(牛經)을 베끼고 내 글을 초(抄)하네.

—

焚儒衣舞其灰, 移家入農家籍.
唯著作不可廢, 寫牛經抄兎册.

'유의'(儒衣)는 유자(儒者)의 옷이라는 뜻. 유의를 태워 버린 것은 환로에 더 이상 뜻을
두지 않겠다는 의미. '우경'(牛經)은 소에 관한 책인 『상우경』(相牛經)을 가리킨다. 이
언진은 병이 심해지자 마침내 서울 생활을 청산하고 시골로 이사한다. 이언진은 죽기
직전 자신의 원고 더미를 불태워 버리지만, 이 시를 쓸 때만 해도 아직 자기 글에 대한
애착을 갖고 있어, 글을 다듬거나 정리하는 일을 하고 있었음을 알 수 있다.

의원(醫員)에게 의지해 연명하고 있지
생각 바꾸니 원수도 친구.
행복과 불행, 불우와 영달 생각지 않고
한 뜻으로 글만 쓰고 있네.

—

全憑醫作司命, 倒思讎亦知己.
休論否泰亨坎, 一意吮筆攤紙.

제2·3행을 통해, 이언진이 막다른 상황에서 체념과 달관 쪽으로 마음을 추스르고 있음을 알 수 있다. 제4행에서 보듯 이언진에게 글쓰기는 고통을 견디게 하는 최후의 버팀목이다. 이 시집이 이처럼 고통과의 싸움 속에서 마무리되었다는 사실을 기억하자.

구양수는 자신의 서재를 '아름다운 배'라 했고
육유는 '책 둥지'라 이름했었지.
비록 기문(記文) 같은 건 안 지었지만
'호동'이라는 내 방 이름 둘과 닮았네.

—

畫舫寄情永叔, 書巢命名放翁.
雖無文章爲記, 俰俰差同兩公.

구양수는 송나라의 문인. 육유는 송나라의 시인. '기문'은 건물이나 서재의 조성 경위
라든가 그 이름의 유래를 밝힌 글. 이 시를 통해, '호동거실'이라는 제목 속의 '호동'이
이언진이 자기 집에 붙인 이름이라는 사실을 알 수 있다. 이언진은 자신의 삶이 영위된
공간인 호동을 고유명사화해 자기 집 이름으로 삼음으로써 호동과 자신을 일체화했던
것.

몸은 집에, 집은 땅에 부쳐 있으며
집은 또한 부쳐 있는 것에 부쳐 있다 하리.
미남궁(米南宮)의 현판 글씨 본뜨는가 하면
소동파의 기문(記文)을 쓰기도 하네.

—

身寄室室寄地, 室亦稱寄所寄.
摹米南宮書額, 書蘇東坡文記.

제2행의 '부쳐 있는 것'은 '몸'을 말한다. '미남궁'은 송대의 문인화가인 미불(米芾)을 가리킨다. 미불은 예부 원외랑(禮部員外郞)을 지낸 적이 있어 '남궁'(南宮)이라 불렸다. 예부의 별칭이 남궁이기 때문이다. 이 시는 자신의 집에 대한 애착을 표현하고 있다. 자신의 집에 대한 애착은 곧 자기 자신에 대한 애착이며, 그것은 동시에 자신의 집이 속한 공간에 대한 애착으로 이어진다. 한편 집과 나는 상호의존적이어서, 서로가 서로에게 기대고 있다. 놓쳐서는 안 될 점은, 이 시에서 말한 '집'이 중의성(重義性)을 갖는다는 사실이다. 거기에는 시인의 거소(居所)로서의 집이라는 뜻과 함께 시인의 아내라는 뜻이 있다.

156

문장 때문에 사람은 쉬 병에 걸리고
시가 있어 사람은 수심을 풀지.
이 모두 한 몸에 지니고 있건만
내가 주지도 않고, 남이 달라고도 않네.

—

惟有文人善病, 惟有詩人解愁.
都擔上一身上, 我不與人不求.

자고로 문인에게는 병이 많다. 책을 읽고, 생각하고, 글을 쓰는 행위는 신(神)을 소모하
게 마련이다. 신(神)을 소모하면 건강을 잃기 쉽다. 그러니 문인에게 병이 많을 수밖에.
노래는 사람의 수심을 풀어 준다. 시는 노래에서 기원한다. 이언진은 죽기 직전까지 시
읊는 행위를 통해 스스로를 위로하고, 고통을 견디고, 마음의 번뇌를 달랬다.

바보도 썩고 수재도 썩지
흙은 아무개 아무개 아무개를 안 가리니까.
나의 책 몇 권은
내가 나를 천 년 후에 증명하는 것.

—

癡獃朽聰明朽, 土不揀某某某.
兔園冊若干卷, 吾證吾千載後.

제1·2행은 죽음의 불가피성을 말했다. 죽음 앞에 만인은 평등하다. 자연의 위대한 섭리다. 제3·4행은 자신의 저서가 자신의 불멸을 보장해 주리라는 생각을 피력했다. 이로 보아 이언진은 이 시를 쓸 때까지만 해도 아직 자신의 글에 대한 높은 자부와 자신의 글이 후대에 정당하게 평가받으리라는 기대를 품고 있었음을 알 수 있다. 심경의 변화를 일으켜 자신의 원고 더미를 불살라 버린 것은 아마 이 조금 뒤의 일이 아닐까 추정된다.

158

과거의 부처는 나 앞의 나
미래의 부처는 나 뒤의 나.
부처 하나 바로 지금 여기 있으니
호동 이씨가 바로 그.

—

過去佛我前我, 未來佛身後身.
一箇佛方現在, 是嫺嫺姓李人.

과거불(過去佛)은 나의 전신이요, 미래불(未來佛)은 나의 후신이며, 현재불(現在佛)이
바로 나라는 것. 극도의 고통 속에서도 이언진 특유의 자의식은 고개를 숙이지 않는다.
죽기 직전 자신이 평생 써 놓은 글들을 불살라 버린 것도 어찌 생각하면 이런 자의식의
결과일 수 있다. 자의식이 워낙 강하다 보니 세상에 대한 깊은 회의와 환멸에 빠졌을
터. 이언진이 스스로를 부처라고 한 것은 자신의 주체성에 대한 확신에 다름아니다.
'나'는 양지(良知)를 지닌 존재로서, 깨달음의 주체요, 세계의 중심이다.

청성(靑城)으로 달아난 평중(平仲)
호두(壺頭)에서 곤경에 처한 복파(伏波).
옛사람의 조랑말은
후인(後人)의 천리마에 부끄럼 느끼리.

—

靑城逃入平仲, 壺頭病困伏波.
嗟古人款段馬, 愧後人千里騾.

'평중'은 송나라 흠종(欽宗) 때 태위(太尉) 벼슬을 지낸 요평중(姚平仲)을 가리킨다.
'복파'는 후한(後漢)의 복파장군 마원(馬援)을 가리킨다. 전근대 동아시아에는 늘 '고'
(古)가 문제가 되었다. '고'는 미(美)와 가치의 전범으로 간주되었기에, 학습과 모방의
대상이 되었다. 그러다 보니 의고(擬古)와 표절이 횡행하고, 자유로운 상상력과 감수성
이 억압되는 폐단이 생겨났다. 이언진은 이런 태도에서 탈피해 '금'(今)과 '신'(新)의 가
치를 적극 옹호하고 있다. 즉 '금'과 '신'은 '고'보다 뛰어나니, 괜히 '고'에 기죽거나 구
속될 필요가 없다는 것. '청성'이나 '복파'는 모두 '고'(古)를 상징하는 인물로 인거(引
據)되었다. 둘 다 유명한 장군이었지만 적에게 곤경을 겪거나 패배를 당했다.

160

바쁜 사람과 한가한 사람 누가 나을까?
선향(仙鄕)은 바로 잠 속에 있는걸.
가난을 벗어남은 절약이 상책
바쁨을 고치는 건 게으름이 약.

—

鬧人爭似閒人, 仙鄕端在睡鄕.
救貧慳爲上策, 醫忙懶是單方.

이 시는 게으름 예찬으로서, 도가 사상을 피력한 것이라 할 만하다. 도가에서는 바쁜 것
은 인위적이요, 게으른 것이 자연적이라고 본다. 바쁜 것은 영리(營利)를 위해서인데,
이는 결국 몸과 마음을 해치게 된다. 그래서 느림과 게으름이 도에 부합한다고 보는 것.
제2행에서 '잠이 바로 천국'이라고 말하고 있음은, 기실 깨어 있는 삶의 간난함, 현실의
괴로움과 번요(煩擾)함을 말하고 있음에 다름아니다.

공명(功名)길은 험난키가 전장(戰場) 같으니
부처의 나라가 정녕 낙원이어라.
색(色) 경계해 병 낫우고, 신독(愼獨)해 잠에 들고
빈처를 생각해 절밥을 먹네.

—

名場險似戰場, 佛國眞箇樂國.
戒色醫戒獨眠, 量貧妻習中食.

명장(名場), 즉 공명길은 곧 '이 세상'을 가리키는 말로 볼 수 있다. 세상 사람은 다 이름
을 갖고 있으며 이름을 추구하는 법이니. 그래서 서로 겨루고 아귀다툼을 벌여 '이 세
상'은 흡사 전쟁터 같다. 시인은 이런 세상에 환멸을 느껴 저 불국(佛國)을 꿈꾼다. 의원
은 이언진의 건강 상태를 고려해 부부관계를 금했고, 이에 이언진은 잠시 절간에 가서
지냈던 것 같다.

나의 초상(肖像)은 눈이 푸르고
수염은 없고 머리색은 까매야 하리.
부처 같은 내 모습 좋아하든 싫어하든 상관없지만
얼굴을 노랗게 그려서는 안 될 일이지.

—

一軀像眼宜靑, 鬚宜白鬢宜蒼.
愛佛嫌佛同相, 唯是面不宜黃.

부처의 눈동자는 감청색이다. 이 시의 제1·2행에 서술된 시인의 형상은 부처에 다름아 니다. 당시 이언진은 병으로 얼굴이 누렇게 떠 있었다. 제4행에서는 자신의 노쇠한 몸 을 돌아보는 시인의 마음이 느껴져 애련해진다.

163

관계(官界)의 사귐은 뜨겁고 저자의 사귐은 시끄럽고
고상한 말은 으스대고 야비한 말은 들레네.
손가락 꼽아 내 노닌 곳 헤아려 보니
산가(山家), 농가(農家), 어가(漁家).

—

官交熱市交鬧, 高言矜卑言譁.
屈指籌遍遊跡, 山家農家漁家.

'산가'는 산속에 사는 사람의 집이고, '어가'는 어부의 집이다. 벼슬아치는 권세에 붙좇고 권세를 추구하므로, 그 사귐이 뜨겁다고 한 것. 장사꾼은 이익을 추구하므로 그 사귐이 시끄럽다고 한 것. '고상한 말'과 '야비한 말'은 '관계(官界)의 사귐'과 '저자의 사귐'에 각각 대응한다. 이언진은 박환(薄宦)을 지내기는 했으나, 평생 명리(名利)를 혐오하였다.

해탕(蟹湯)은 하탕(蝦湯)이라고도 하는데
숨기 좋아하고, 장난질 좋아하고, 선(禪) 좋아하고.
시 좋아하는 건 저 옛사람들
사천(斜川), 번천(樊川), 망천(輞川)과 같네.

—

蟹湯亦曰蝦湯, 好隱好狎好禪.
好詩又似古人, 斜川樊川輞川.

───────

'해탕'이라는 말은 이 시집의 제2수에도 나온 적이 있다. '해탕'은 '해안탕'(蟹眼湯)을 말
하는데, 찻물을 끓일 때 보글보글 일어나는 거품이 마치 게 눈과 같다고 해서 이르는 말
이다. '해안탕'은 달리 '하안탕'(蝦眼湯)이라고도 한다. '하탕'은 찻물을 끓일 때 일어
나는 작은 거품이 마치 새우 눈과 같다고 해서 이르는 말. '해탕'과 '하탕'은 이언진의
별호. 시인이 자신의 호를 '해탕'이니 '하탕'이니 한 것부터가 벌써 장난질이다. '사천'
은 동진(東晉)의 시인 도연명을 가리키고, 번천과 망천은 당나라의 시인인 두목(杜牧)
과 왕유(王維)를 가리킨다. 이언진은 자신의 글쓰기 행위를 일종의 '유희'(遊戲)로 생각
했던 듯하다. 제2행의 "장난질 좋아하고"는, 한편으로는 이언진 문학의 존재론적 기반
인 '유희성'(遊戲性)을 상도케 하고, 다른 한편으로는 그의 시를 관류하는 해학성을 상
도케 한다.

비유컨대 산에 혈(穴)이 숨겨져 있으면
비유컨대 송사 애매해 판결이 안 나면
훌륭한 풍수가 한번 봐야 하고
신명한 사또가 판결해야 함과 같지.

—

譬如亂山藏穴, 譬如疑獄無案.
須良地師一視, 須神明宰一斷.

'혈'(穴)은 풍수지리설에서 정기(精氣)가 모였다고 하는 자리를 이르고, '풍수'는 풍수
쟁이를 이른다. 이 시는, 시인이 걸린 중병의 원인을 정확히 찾아내 제대로 치료하려면
편작이나 화타 같은 명의가 필요하다는 점을 말한 것으로 보인다.

창문 빛은 밝았다 어두워지나니
아교로도 한낮의 해 잡아둘 수 없네.
종이창 아래 한가히 앉아
온 지금, 간 옛날 가만히 보네.

—

窓光白窓光黑, 膠難粘日長午.
閒坐一紙窓下, 便觀來今往古.

이 시에는 존재의 운명, 존재의 변전(變轉)과 소멸을 고즈넉히 바라보고 있는 시인의
눈길이 느껴진다. 그것은 바로 얼마 남지 않은 지상의 삶에 대한 응시인 것이다. 이 응
시 속에는 존재에 대한 헛된 집착이나 발버둥 같은 것은 느껴지지 않고, 존재의 운명에
대한 체념과 받아들임의 감정이 자욱하긴 하나, 그럼에도 아쉬움과 회한의 감정은 못
내 남아 있다. 이 시는 이 시집에서 시인 자신의 삶에 대해, 아니 그 삶과 죽음에 대해
노래한 맨 마지막 시에 해당한다. 이 점에서 이 시는 깊은 인상을 남긴다.

167

쌀 빚과 땔감 빚에 개의치 않고
단지 책하고 그림만 사니
처자가 어찌 알고 고시랑거리며
나를 보고 미쳤다 오활타 하네.

—

不管米債柴債, 只管買畫買書.
妻兒何知相詈, 顚哉渠迂哉渠.

이 시에는, 가사에는 관심을 두지 않고 서화 구입하는 데만 관심을 둔 가장을 원망하는
아내의 시선이 담겨 있다. 제4행은 직역하면 다음과 같다: "미쳤어! 저이는. 어리석어!
저이는." 이 시는, 시인이 죽음을 앞두고 자신의 생을 돌아보며 처에 대한 미안한 마음
을 읊은 것일 수 있다.

일백 명 현인(賢人)이 한 집에 모이면
정말 빛이 나 장관일 거야.
옛사람이 공평하게 못한 것 바로잡고
옛사람이 내린 단안 뒤집을 테지.

———

百賢同聚一堂, 洵是文章盛觀.
正古人未平衡, 翻古人已斷案.

제1행의 '한 집'은 '묘당'(廟堂), 즉 조정에 대한 은유로 봐야 할 터. '만조백관'(滿朝百官)이라는 말에서 알 수 있듯, 조정의 벼슬아치는 대략 백 명쯤으로 간주되어 왔다. 그런데 이언진이 말한 '일백 명 현인' 중에 이언진 자신도 포함될까? 당연히 포함되지 않겠는가. 그러니까 이 시는, 이언진 자신을 포함해 조선의 버려져 있는 현자들(이 현자들 중 상당수는 호동의 사람들일 것이다)이 묘당에 오를 수만 있다면 조선사회의 부조리와 불평등, 모순과 문제점에 대한 일대 숙정(肅正)을 단행하고, 잘못된 관행과 법제를 고쳐 세상을 바로잡을 수 있을 텐데 하는 생각을 피력해 놓은 것이라고 말할 수 있다. 말하자면 일종의 혁명을 꿈꾼 것. 이 시집의 종결부에 이 시가 있음은 대단히 의미심장한 일이다. 단적으로 말해, 그것은 이언진의 시학이 정치학과 결코 분리되지 않는다는 것, 그리고 시학을 통해 제기된 주장이나 문제들은 결국 정치를 통해 최종적으로 해결되고 완성될 수밖에 없음을 보여주는 것으로 생각된다.

이 세계는 하나의 거대한 감옥
빠져 나올 어떤 방법도 없네.
팔십 되면 모두 죽여 버리니
백성도 임금도 똑같은 신세.

—

此世界大牢獄, 沒寸木可梯身.
八十年皆殺之, 無萬人無一人.

죽음 앞에 만인은 평등하다. 임금이라고 해서 죽음을 면할 수 있는 것은 아니다. 이 시는 삶의 고통에 대한 시인의 남다른 감수성과 인간이 운명적으로 마주하고 있는 죽음에 대한 깊은 응시를 담고 있다는 점에서 값지다. 이런 통찰은 시인의 불행 때문에 가능했을 터이다. 그는 사회적 주변인으로서, 그리고 병으로 인한 감내하기 어려운 고통을 겪고 있던 인간으로서, 당대의 조선사회에서 영위되는 삶에 대한, 그리고 거기서 더 나아가 세계 자체의 본질에 대한 통찰을 담은 시를 쓸 수 있었던 것.

170

진부하기는 어록(語錄)과 같고
번쇄하기는 주석(註釋)과 같네.
비유는 낮을수록 더욱 기이하고
글은 전기(傳奇)나 사곡(詞曲)과 같네.

—

腐爛譬如語錄, 煩瑣譬如註脚.
其譬愈下愈奇, 文如傳奇詞曲.

'어록'은 도학자가 사제간에 주고받은 말을 기록해 놓은 글을 이른다. 『주자어류』(朱子
語類) 같은 책을 예로 들 수 있다. '전기'(傳奇)와 '사곡'(詞曲)은 중국 명청(明淸) 시대
에 성행했던 문학 장르로 모두 민간문학에 속하며, 구어를 구사해 생기발랄함을 보여
준다. 이 시는 『호동거실』 전체에 대한 자평(自評)이다. 억양법을 사용해 이 시집의 특
징과 의의를 간명하게 밝히고 있다. 이 자평과 함께 이 시집은 종결된다.

해설

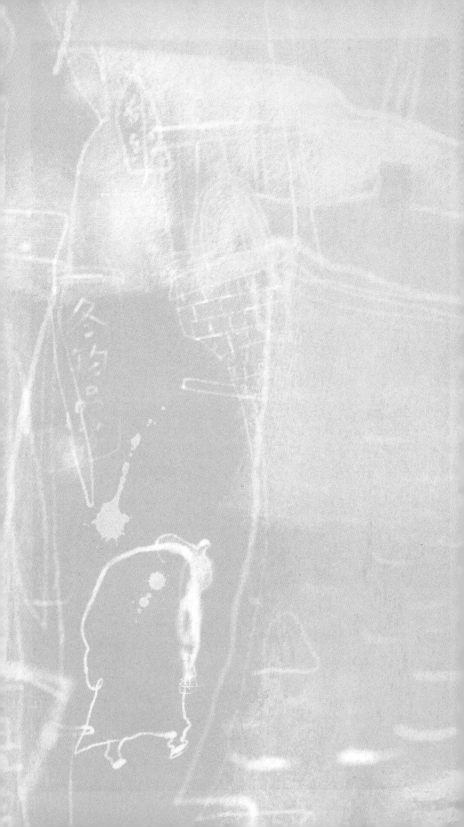

『호동거실』,
호동에서 꿈꾼 조선의 전복

1

먼저, 이언진(李彦瑱)의 생애부터 간단히 살펴보자. 그는 20세인 1759년 역과(譯科)에 급제하여 역관 생활을 시작했으며, 중국에 두 번, 일본에 한 번 다녀왔다. 역관이 되기 전의 삶에 대해서는 알려져 있지 않다. 중국행과 관련해서도, 중국에 두 번 갔다는 사실만 알려져 있을 뿐, 관련된 기록이 전혀 남아 있지 않다. 그의 이름이 알려지게 된 것은 1763년 통신사행(通信使行)의 일원으로 일본에 가면서부터다.

　일본에 통신사를 보낼 때는 한시문을 잘 짓는 서얼 문사를 서너 명 뽑아 서기(書記)와 제술관(製述官)의 직임을 맡기는 것이 관례였다. 당시 남옥(南玉), 원중거(元重擧), 성대중(成大中), 김인겸(金仁謙)이 이 직임을 띠고 일본으로 건너갔다. 조선 통신사가 오면 일본 문인이나 학자들은 조선인의 시나 글씨를 얻으려고 혈안이 되어 있었다. 또한 서로 한시를 주고받거나, 한문 필담(筆談)을 통해 양국의 학술과 문화에 대한 정보를 주고받곤

하였다. 이런 일은 모두 서기와 제술관의 몫이었다. 이언진은 '한학 압물통사'(漢學押物通事)라는 직책을 맡아 일본에 갔다. '한학'은 중국어를 말하고, '압물'은 물건을 관리하는 것을 말하며, '통사'는 통역관을 말한다. 그러므로 직책으로 본다면 이언진은 일본 문사나 학자들과 시를 주고받거나 필담을 나눌 처지가 아니다. 그럼에도 이언진은 네 명의 서기와 제술관을 제치고 일본에서 최고의 대우를 받았다. 그의 문학적 천재성 때문이었다. 이언진은 일본인이 시를 청하면 즉석에서 시를 지어 주었던 바, 하루에 수백 편이나 되는 시를 지어 주기도 했다고 한다. 연암 박지원은 이언진의 전기(傳記)에서 이 점을 대서특필한 바 있다.

이언진은 1764년 6월 조선에 돌아왔다. 그가 일본에서 문명(文名)을 떨쳤다는 소문이 서울의 사대부 사회에 쫙 퍼져 나갔다. 하지만 조선은 신분제 사회였기 때문에, 비록 이언진에게 뛰어난 재주가 있다 할지라도 그것을 사회적으로 발휘할 길이 없었다. 미천한 중인 신분이었기 때문에 경륜과 문재(文才)를 사회적으로 실현할 수 있는 통로가 차단되어 있었던 것이다. 이런 차별과 부조리에 이언진은 깊은 좌절과 분만(憤懣)을 느끼지 않을 수 없었다.

이언진은 일본에 가기 전부터 병으로 고생하였다. 일본에 갔다 온 후 그의 병은 더욱 악화되었다. 원래 몸이 그리 실하지 못한 데다. 지나친 독서와 공부로 몸을 상했으며, 역관으로서의 잦은 해외 출장이 육체적으로 그를 피폐하게 만든 것으로 생각된다. 게다가 신분 차별로 인해 그가 느껴야 했던 좌절감과 분만은 그의 병을 더욱 악화시키는 요인이 되지 않았나 여겨진다. 그리하여 일본에서 돌아온 지 2년이 채 못 되어 그는 이 세상을 하직한다. 스물일곱의 꽃다운 나이에.

2

이언진은 죽기 직전 자신이 평생 쓴 글들을 모두 불태워 버렸다. 이 자기파괴적인 행위는 조선의 지독한 신분 차별에 대한 항거의 의미를 갖는다. 마침 이언진의 아내가 불타고 있던 원고 더미에서 그 일부를 수습한 덕에 약간의 원고가 후세에 전해질 수 있었다. 이언진 사후 100년쯤 후 그의 유고집인 『송목관신여고』(松穆館燼餘稿)가 출판되었다. '송목관'은 이언진의 호이고, '신여고'는 '타다 남은 원고'라는 뜻이다. 이 작은 책자에는 산문은 거의 실려 있지 않으며(아마 다 타 버린 듯하다), 시도 잔편(殘篇)이 대부분이다. 하지만 다행스럽게도 『송목관신여고』에는 '호동

거실'(䢷䢷居室) 연작시 157수가 수록되어 있다. 지금까지 연구
자들은 모두『송목관신여고』에 수록된『호동거실』을 텍스트로
삼아 연구를 수행해 왔다. 하지만 이 판본의『호동거실』은 그 순
서에 착란이 없지 않고, 문제적인 시가 상당수 누락되어 있다.

　　필자는 최근 고려대 고도서실에 소장되어 있는 필사본 책인
『송목각유고』(松穆閣遺藁)라는 책을 열람할 기회가 있었는데,
여기에 실린『호동거실』은 총 165수였다. 이 책은 아직 학계에
보고된 적이 없는 자료다.『송목관신여고』의『호동거실』과 자세
히 대조해 보니,『송목관신여고』에만 있는 시가 5수,『송목각유
고』에만 있는 시가 13수였다. 둘을 합치면『호동거실』은 총 170
수가 된다. 본서는『송목각유고』를 저본으로 삼되,『송목관신여
고』에만 있는 5수를 보충해 넣었다. 두 책의『호동거실』은 시에
따라 가끔 글자의 출입이 없지 않은데,『송목관신여고』쪽을 따
르는 것이 합당하다고 판단되는 경우 그렇게 했지만, 번거로움
을 피해 일일이 그 사실을 밝히지는 않았다.

3

이언진의 대표작『호동거실』이 재로 화하지 않은 것은 한국인에

게 크나큰 축복이라 할 것이다. 이 작품은 한국문학사의 다른 어떤 작품도 대신할 수 없는 독특한 정신적 가치와 문제성을 지니고 있기 때문이다. 이제, 이 시집의 특성과 의의에 대해 조금 언급할까 한다.

'호동거실'은 호동의 거실이라는 뜻이다. '호동'은 서민이나 중인이 사는 골목길을 이르는 말이고, '거실'은 사는 집을 이르는 말이다. 호동은 '여항'(閭巷)이라는 말과 의미가 같다. 한편 '호동'은 이언진의 또다른 호이기도 하다. '골목길'이라는 뜻의 '호동'을 자신의 호로 삼은 것은 참 특이한 발상이라 하겠는데, 여기에는 자신의 신분, 자신의 정체성에 대한 뚜렷한 자의식이 깃들어 있다고 판단된다. 자신이 사는 공간을 자신과 동일시한 것이다. 이 공간적 동일시는 사대부 계급에 대한 대립의식의 자각적 표출임에 유의해야 한다.

『호동거실』은 그 형식이 특이하다. 대략 다음의 두 가지 점을 지적할 수 있다.

첫째, 6언시라는 점이다. 6언시는 그리 흔한 형식은 아니다. 한시는 대개 5언이나 7언을 중심으로 발전해 왔다. 6언시는 오래전부터 중국과 한국에서 창작되어 왔다. 그러나 대개 희작(戲作)이 많고, 5언이나 7언만큼 비중 있는 형식은 아니었다. 그러니 5언시나 7언시와 달리 6언시는 명시라 할 만한 것이 전하지 않는다. 이언진이 6언시 장르를 택한 것은 희작(戲作)을 짓는다는 가벼운 마음으로 한 것이 아니었다. 그가 이 주변부 장르를 선택한 것은 5언과 7언 중심으로 전개되어 온 사대부들의 한시 창작 관습에 도전하면서 자기만의 새로운 감수성과 사유를 담기 위해서였다. 6언시는 5언시나 7언시와 달리 작시법(作詩法)이 그리 까다롭지 않고, 형식적 구속이 적기 때문이다. 그리하여 이언진은 6언시를 통해 꽤 자유롭게 자신의 사상과 감정을 펼쳐 보일 수 있었다. 한국문학사에서 두어 편이나 너댓 편 6언시를 쓴 시인은 더러 눈에 띄지만, 170수나 되는 연작을 창작한 시인은 이언진 말고는 없다.

둘째, 『호동거실』에는 백화(白話: 중국의 구어)가 많이 구사되어 있다. 한시에는 원래 백화를 써서는 안 된다. 이런 오랜 관습을 비웃기라도 하듯, 이언진은 백화를 여기저기 마구 사용하고 있다. 『호동거실』에는 특히 『수호전』에 보이는 백화 단어들이 빈번히 출현한다. 이언진은 『수호전』이나 『서상기』 등 중국 소설이나 희곡을 애호하였다. 이런 작품들은 사대부적인 취향이 아니라, 평민적·시정적(市井的) 취향을 담고 있다. 그러므로 이언진이 중국의 이런 속문학서(俗文學書)의 언어를 자신의 시어로 구사한 것은, 사대부 문학이 아니라 호동의 문학을 자각적으로 추구했음을 보여주는 것이라 할 만하다.

한편, 『호동거실』은 내용적·주제적으로 다음과 같은 특징을 보여준다.

첫째, 호동에 거주하는 사람들에 대한 깊은 애정을 담고 있다는 점. 호동은 사회적 약자들이 모여 사는 공간이다. 시인은 이곳에서 영위되는 서민들의 삶을 냉철하면서도 따뜻하게 그리고 있다. 이 점에서 『호동거실』은 호동에 사는 다양한 인간 군상의 '서정적 열전'(抒情的 列傳)으로서의 면모를 보여준다.

둘째, 사대부 계급에 대한 날선 비판과 야유를 보여준다는 점. 이언진은 비주류, 주변부의 인간으로서, 주류 계급이라 할 사대부에게 깊은 적대감을 품고 있었다. 그는, 사대부들은 무능하면서도 부귀를 누리는 반면, 하층 출신의 인간들은 유능한 데도 사회적으로 그 재능을 발휘할 기회를 갖지 못하도록 되어 있는 조선의 부조리한 현실에 깊은 분노를 표현하고 있다.

셋째, 시인 자신의 내면초상(內面肖像)을 다양하게 그려 보이고 있다는 점. 즉 『호동거실』에는 시인의 자기서사(自己敍事)에 해당하는 시들이 아주 많다. 그것은 종종 슬프고, 어둡고, 고통스럽고, 일그러져 있다. 시인은 이 자기서사를 통해 스스로를 응시하거나 위로하고 있다고 보인다.

넷째, 조선의 지배 이데올로기 및 신분 제도에 대한 전면적인 부정. 이언진은 사회적 차별과 억압이 조선이 국시(國是)로 삼고 있는 주자학에서 기인한다고 보고 있다. 그래서 주자학을 근본적으로 부정했으며, 이단 사상인 양명학(陽明學)으로 주자학을 대체시키고 있다. 이언진은 양명학파 중에서도 민중적 지향을 강하게 갖는, 양명학 좌파의 좌파라 할 하심은(何心隱)·이탁오(李卓吾) 일파의 사상을 적극적으로 수용하였다. 그리하여 골목길 사람들은 모두 성인(聖人)이라거나, 골목길 사람 누구에게나 양지(良知=양심)가 있으니 그 모두가 성인과 보살이 될 수 있다고 했다. 차별을 온존시키고 재생산하는 사상인 주자학을, 평등을 강조하는 사상인 하심은·이탁오 일파의 양명학으로 대체함으로써, 신분제도를 철폐하고 평등한 사회를 실현하고자 한 것이다.

다섯째, 유불도(儒佛道) 3교를 공히 인정함으로써 다원적 사회를 모색했다는 점. 『호동거실』에서는 유교=양명학과 나란히 불교와 도교가 똑같이 긍정되고 있다. 이언진은 유교만이 절대적 진리라는 생각을 배격했으며, 유불도의 공존과 회통(會通)을 통해 진리가 추구될 수 있다고 보았다. 이처럼 그는 특정 사상의 배타적 절대성을 부정함으로써 자유로운 사유를 전개하면서 새로운 진리 구성에로 나아갈 수 있었던 것이다.

4

『호동거실』에는 밝은 정조(情調)와 어두운 정조가 공존한다. 밝은 정조는 골목길의 사람들을 읊을 때 주로 드러나고, 어두운 정조는 시인 자신의 불우한 삶과 병고(病苦)를 읊을 때 주로 드러난다. 시인은 자신이 거주하는 호동의 서민들에게서 활기와 희망을 발견했으며, 더 나아가 조선의 미래를 읽었던 것 같다. 그들을 읊은 시가 밝은 색채를 띨 수 있었던 것은 이 때문일 것이다. 앞서 언급했듯 시인은 20대 내내 병 때문에 고생하다가 결국 병으로 세상을 하직하였다. 시인이 불교에 경도되고 늘 참선 수행을 한 것은 바로 이 신병 때문이었다. 『호동거실』에는 고통 받는 사람들에 대한 시인의 남다른 예민한 감수성이 확인되는데, 이는 시인 자신의 존재특성과 관련된다고 할 것이다. 고통을 겪어 본 사람만이 타인의 고통을 이해하고 진정으로 가슴 아파할 수 있는 법이므로.

연암 박지원은 이언진의 시에 슬픔이 많다고 했다. 이는 한편으로는 맞는 말이지만 한편으로는 맞지 않는 말이다. 이언진의 시는 단지 슬픔의 정조만이 아니라 다양한 자태와 면모를 보여준다. 우선적으로 주목해야 할 것은, 비판과 풍자다. 『호동거실』의 시들은 체제와 지배질서를 신랄하게 비판하거나 풍자하고 있다. 그중에는 체제에 대한 부정과 파괴를 노래한 시도 있다. 조선 시대의 어떤 작가도 대놓고 군주를 저주하거나 부정하지는 않았지만, 이언진은 정면에서 군주를 저주하고 있다. 이처럼 그는 어떤 성역(聖域)도 인정하지 않고 차별과 억압에 맞서 싸웠다. 『호동거실』은 이 투쟁의 과정 중에 창조된 불멸의 미적 성과라 할 것이다.

『호동거실』에서 주목해야 할 또다른 점은, 뒤틀림과 아이러니다. 뒤틀림과 아이러니는 주체와 대상(혹은 세계) 간의 모순과 불화에서 기인하는 미적 태도다. 뒤틀림과 아이러니는 시학적 견지에서 본다면 '어조'의 문제다. 이 시적 어조와 관련해 또한 주목되는 것은, '해학'이다. 『호동거실』은 도처에서 유쾌하거나 장난스런 어조를 보여준다. 시인은 자기 시의 주요한 특징이 해학에 있음을 스스로 잘 알고 있었다. 해학 역시 하나의 미적 태도이자 수법이다. 시인은 글쓰기를 일종의 '유희', 즉 장난질로 간주했는데, 그의 시가 보여주는 풍부한 해학성은 이런 문학적 입장과 연결된다. 이언진이 글쓰기를 유희로 간주했을 때의 그 유희란, 소외되고 배제된 자, 사회적으로 철저히 고립무원의 처지에 빠진 자가 글쓰기를 통해 자기를 드러내 보이고, 세상을 욕하거나 꾸짖고, 낄낄거리며 온갖 불온한 소리를 해 대고, 금기와 성역을 깨부수면서 새로운 세계를 꿈꾸는 행위에 다름아니다.

그러므로, 이언진 시의 해학적 면모는, 이언진 문학의 기저에 자리하고 있는 이런 유희성과 관련해 이해되어야 옳을 것이다.

앞서 지적했듯, 『호동거실』에는 고통 받는 사람들, 사회적 약자들을 향한 시인의 연민의 눈길이 여러 곳에서 느껴진다. 시인은 이런 존재들과 자신을 동일시하고 있다. 이 점에서 『호동거실』은 강한 집단적 연대를 보여주고 있다고 할 만하다. 이 집단적 연대감 위에서 당대 주류층과 주류사회가 비판되고, 주류층과 주류사회를 뒷받침하는 체제와 이념이 그 근저로부터 부정되고 있다. 이 점에서 『호동거실』은 대단히 혁명적인 비전과 상상력을 담고 있는 시집이라 할 만하다. 어떤 경계(境界)도 인정하지 않는 이처럼 위험하고 래디컬한 글쓰기는 조선 시대 문학 전체를 통틀어 『호동거실』 말고는 없다.

5

시인은 『호동거실』에서 자신을 '부처'라고 선언하고 있다. 자신을 골목길 부처로 규정한 것. 골목길 부처란 무엇을 말함인가. 빈천한 사람들이 모여 사는 너저분하고 더럽고 시끄러운 골목길의 부처라는 뜻. 흔히 산속의 절에서 고상하게 수행해야 부처가 될 수 있다고 생각하나, 시인은 그러한 통념을 깨고 자기가 사는 더러운 골목길의 있는 그대로의 '나'가 곧 부처임을 말한 것이다. 골목길의 '나'가 곧 부처다라는 말은, 골목길의 그 누구도 부처일 수 있다는 말에 다름아니다. 그러니 이 말은, 인간의 평등성과 함께 인간의 주체성을 선언한 말로 이해해도 좋을 것이다. 모든 인간은 평등하다. 빈천하다고 해서 부귀한 인간보다 못하거나 열등한 것은 없다. 그러니 깔보거나 억압하거나 차별하지 말라. 골목길의 비천하고 가난한 인간들도 똑같은 인간이며, 자신의 능력을 당당히 사회적으로 실현할 타고난 권리가 있다. 왜냐고? 다른 모든 인간과 마찬가지로 그들도 똑같이 양지(=양심)를 지니고 있음으로써다. 그러니 그들은 성인이고 부처다. 이것이 바로 '나는 골목길 부처다'라는 선언에 내재된 메시지다.

『호동거실』에는 과도하다 싶을 정도로 시인의 주체성이 강조되어 있다. 그와 함께 시인이 빼어난 능력의 소유자임이 거듭 부각되어 있다. 왜 시인은 그렇게도 주체성을 강조하고, 자신이 빼어난 인물임을 자기 입으로 되풀이해 말한 것일까? 이 점은 사회적 저항의 차원에서 이해하지 않으면 안 된다. 조선은 사대부가 지배한 사회로서, 중인은 사대부에 종속된 존재에 불과했다. 중인은 그 진출이 기술직에 제한되어 있었으며, 조정의 정치나 국가 경영에 참여할 수 없었다. 시인은 이런 신분적 차별에 항거해, 인간으로서의 독립성과 자율성을 견지하면서, 사대부들을 향해 '너희가 잘난 게 뭐가 있느냐? 너희가 나보다 나은 게 뭐가 있느냐?'고 외쳤다 할 것이다. 이 점에서 『호동거실』은 새로운 자기의식, 새로운 주체의 탄생을 보여준다. 이 새로운 주체의 출현은 기존의 진리 체계의 부정 및 새로운 진리 체계의 구성과 안팎으로 맞물려 있다.

6

이언진은 문호로 떠받들어지는 연암 박지원과 동시대의 인물로서, 박지원보다 세 살 아래다. 이언진은 죽기 1년 전 자신이 쓴 글의 일부를 인편으로 박지원에게 보냈다. 박지원 이 사람만큼은 자기를 알아줄 거라고 기대해서였다. 그러나 박지원은 이언진의 글에 대해 일고의 가치도 없다는 식의 혹평을 하였다. 이를 전해들은 이언진은 한편으로 분노하고, 한편으로 낙담하였다. 그리고 얼마 있지 않아 숨을 거두었다. 박지원은 이언진이 죽은 후 특별히 이언진의 전기를 집필했다. 현재 전하는 「우상전」('우상'은 이언진의 자字)이 그것이다. 박지원과 이언진은 같이 서울에 살았지만 평생 단 한 번도 만난 적이 없다. 아마 박지원은 이언진에 대해 일말의 미안한 감정이 있어 그의 전기를 썼을 터이다.

이언진은 박지원이 쓴 「우상전」 덕분에 죽은 후 이름이 더욱 널리 알려질 수 있었다. 「우상전」은 이언진이 일본에 가 나라를 빛낸 일을 자세히 기술하면서 이언진의 시 작품을 여럿 소개해 놓고 있다. 박지원은 이를 통해 이언진의 문학적 천재성을 부각시키는 한편, 그가 신분적 제약 때문에 불우했으며, 그래서 그의 시에 슬픔이 많다는 점을 지적하고 있다.

「우상전」은 이언진을 세상에 널리 알린 공은 있으나, 동시에 한계도 없지 않다. 먼저 '시선'의 문제다. 「우상전」을 읽어 보면 누구나 느끼겠지만, 박지원은 아랫사람 대하듯 이언진을 보고 있다. 계급적 편견이 작용하고 있는 것이다. 신분과 계급을 부정하고 인간 평등을 주장했던 인물의 전기를 서술함에 계급적 시선이 끼어든다는 것은 일견 아이러니한 일로 여겨진다. 또 하나의 문제는, 이언진의 천재성만 말하고 있을 뿐 정작 이언진의 본질, 이언진의 고민이 무엇이었는지에 대해서는 관심도 없고, 알려고도 하지 않고 있다는 점이다. 이언진이 '불우했다'고 말하는 것만으로는 아무것도 말하지 않은 것과 기실 다름없지 않을까. 이 점에서, 「우상전」은 대단히 피상적이다.

「우상전」을 쓸 무렵 박지원은 이미 입신(入神)의 글재주를 뽐내고 있었다. 그런 그가 왜 이처럼 한 인간의 본질을 꿰뚫지 못하고 피상적인 글을 쓰고 만 것일까? 여기에는 두 가지 점이 관련되어 있다. 하나는, 박지원이 비록 당대의 비판적 인물이었다고는 하나 어디까지나 사대부의 일원이었으며 이 때문에 체제를 유지하면서 사회를 개혁하려는 입장이었다는 점이다. 박지원이 주창한 문학론인 '법고창신론'(法古創新論)도 그의 이런 정치적 입장과 표리관계를 이룬다. 다른 하나는, 바로 이 때문에 박지원은 '이언진'을 제대로 명명할 수도, 인식할 수도, 규정할 수도 없었다는 점이다. 다시 말해 이언진은 박지원의 인식틀 저 바깥에 위치해 있었던 것이다. 그도 그럴 것이 이언진은 박지원과는 달리 현존하는 레짐(régime)을 전면적으로 부정하며 새로운 레짐을 구상했고, 차별과 억압을 승인하지 않고 인간의 평등을 꿈꾸었으며, 이런 정치적 입장에 상응하게 기존의 미학과 전연 다른 미학, 기존의 글쓰기와는 전연 다른 글쓰기를 추구했음으로써다. 말하자면 이언진은 박지원조차도 이해하지 못할 만큼 너무 멀리 미래를 향해 나아가 있었던 셈이다. 당대인의 관점에서 보면 이언진은 괴물, 혹은 이단아였던 것이다. 하지만 괴물이나 이단아는 새로운 시대의 도래를 예고하는 중요한 지표라는 점, 또한 새로운 시대는 괴물이나 이단아의 분투에 힘입어 우리 눈앞에 다가온다는 사실을 기억하지 않으면 안 될 것이다.

7

이상 살펴보았듯, 『호동거실』은 굉장한 문학사적 의의와 사상사적 의의가 있는 책이다. 이언진은 몇 년에 걸쳐 이 시집을 집필한 것으로 보인다. 심혈을 기울여 자신의 모든 것, 즉 자신의 인생과 사상과 절망과 희망과 분노를 여기에 쏟아 넣은 것이다. 이언진은 죽기 직전까지도 이 시집 원고를 다듬고 고치는 작업을 그치지 않은 것으로 추정된다.

『호동거실』은 전혀 새로운 정신의 탄생, 전혀 새로운 주체의 출현을 보여준다. 그러므로, 이 시집의 출현을 경계로 완전히 새로운 정신사가 시작된다고 해도 과언이 아닐 것이다. 이 정신사는 지금 우리들의 시대에 맞닿아 있음은 물론, 먼 미래까지도 계속 지속될 것이다. 인간의 평등, 사회적 차별과 억압에 대한 항거, 진리의 절대성을 허무는 일, 다원적 가치의 옹호, 개아(個我)의 자유와 자율성에 대한 존중 등은 여전히, 그리고 앞으로도, 계속 유효한 가치들이고, 우리가 인간답게 살기 위해 결코 포기해서는 안 될 가치들이기 때문이다.

이런 점에서 『호동거실』은 정말 고전 중의 고전이라 할 만하다. 그럼에도 이 시집은 그간 번역이 되지 못했다. 그러니 일반 독자들에게는 이 시집 이름이 낯설게만 느껴질 것이다. 나는 이

제 이 시집을 처음 번역하여 한국 고전의 레퍼토리에 새로 추가한다. 혹 이 역서(譯書)를 읽은 뒤『호동거실』의 시들에 대해 더 깊은 음미를 원하시는 분이 계신다면 이 역서와 동시에 출간된 필자의 책『저항과 아만』을 참조하시기 바란다. 아무쪼록 독자들께서 이 시집을 읽고 정신의 영역을 더욱 확장할 수 있기를 고대한다.

이언진 연보

1740년(영조 16), 1세 — 역관 집안에서 태어나다. 본관은 강양(江陽). 일명 상조(湘藻), 자(字)는 우상(虞裳), 호는 송목관(松穆館), 송목각(松穆閣), 호동(衚衕), 해탕(蟹湯), 하탕(蝦湯), 창기(滄起), 담환(曇寰), 운아(雲我), 탄등자(誕登子).

1759년(영조 35), 20세 — 역과에 합격해 사역원(司譯院)의 한학 주부(漢學主簿)가 되다.

1763년(영조 39), 24세 — 통신사(通信使)를 따라 일본에 가다. 10월에 서울을 출발해 익년 6월에 돌아오다. 당시 서기(書記)의 직책으로 통신사행(通信使行)에 참여한 성대중(成大中)이 그의 문학적 천재성을 알아봐, 귀국한 후 계속 관계를 갖다.

11월, 일본의 이키 섬(壹岐島)에 머무를 때 유명한 「해람편」(海覽篇)을 짓다. 이 시는 일본의 풍속과 문물을 읊은 5언 96구의 장편이다. 남옥(南玉), 원중거(元重擧), 성대중, 김인겸(金仁謙) 등이 이 시를 보고 깜짝 놀라다.

일본인들의 요구에 응해 하루만에 몇 백 수의 시를 지어 줘, 일본에서 문명(文名)을 날리다. 일본의 많은 문인·지식인들과 필담을 나누다. 일본에서의 일로 귀국 후 이름이 회자되다. 한편, 연조는 확인되지 않으나 일본에 가기 전 부연사(赴燕使)를 따라 중국에 두 번 갔다 온 적이 있다.

1764년(영조 40), 25세 — 6월, 귀경 도중 창원의 객사에서, 일본에서 지은 시 「동짓날 주중(舟中)에서」(壹陽舟中) 32수 연작의 제발(題跋)을 쓰다. 일본에서 돌아와 병이 심해져 고생을 하다. 『호동거실』은 일본에 가기 전부터 써 온 것인데, 귀국 후 집필을 계속하다. 또한 일본에서 창작한 시들을 수습, 정리하는 작업을 하다. 「해람편」을 퇴고하여 스승 이용휴(李用休)에게 보여 비평을 받다.

1765년(영조 41), 26세 — 박지원에게 몇 차례 사람을 보내 「해람편」 등 일본에서 지은 시와 『호동거실』의 일부 시를 보여주다. 박지원이 혹평했다는 말을 전해듣고 한편으로는 분노하고 한편으로는 몹시 낙담하다. 자신의 시문집 『송목관집』(松穆館集)을 자찬(自撰)한 것도 이 해가 아닐까 추정된다. 이용휴가 그 서문을 썼다.

이 책은 전하지 않는다.

1766년(영조 42), 27세 — 몸이 마비되어 큰 고통을 겪다. 자신이 평생 쓴 글들을 모두 불태워 버리다. 아내 유씨(劉氏)가 타다 남은 원고를 수습해 보관함으로써 약간의 글이 후세에 전하게 되었다.

필동의 남산 자락에 집이 있었는데, 병이 악화되자 서울에서 멀지 않은 바닷가로 이주하다. 3월, 서울 삼청동 모인(某人)의 집에서 세상을 하직하다. 성대중은 그의 부음을 접하자 꽃나무 아래를 한참 배회하며 어쩔 줄을 몰라했다고 한다.

1860년(철종 11) — 김석준(金奭準)·이상적(李尙迪) 등의 역관 시인들이 이언진을 기려 중국에서 유고집 『송목관집』(松穆館集)을 간행하다. 이언집의 집안에서도 유고집 『송목관신여고』(松穆館燼餘稿)를 간행하다. 그러나 이들 간본(刊本)에는 『호동거실』의 일부 불온한 시들이 누락되어 있다.

찾아보기